AF762507

www.ingramcontent.com/pod-product-compliance
Lightning Source LLC
LaVergne TN
LVHW010818051026
849532LV00007B/2569
9789369085439

وطن کی یاد

(افسانے)

علی باقر

Watan ki yaad *(Short Stories)*

by: Ali Baqar

Edition: December '2025

Publisher :

Taemeer Publications LLC (Michigan, USA / Hyderabad, India)

ISBN 978-93-6908-543-9

کتاب	:	**وطن کی یاد** (افسانے)
مصنف	:	**علی باقر**
صنف	:	فکشن
ناشر	:	تعمیر پبلی کیشنز (حیدرآباد، انڈیا)
سالِ اشاعت	:	۲۰۲۵ء
صفحات	:	۱۲۰
سرورق ڈیزائن	:	تعمیر ویب ڈیزائن

فہرست

دیباچہ

علی باقر (اصل نام: سید علی باقر نقوی) (پیدائش: ۱۸ر مئی ۱۹۳۷ء، اٹاوہ، اتر پردیش - وفات: ۵ر مئی ۲۰۰۷ء، دہلی)، حیدرآباد دکن کے مشہور و مقبول افسانہ نگار رہے ہیں، جن کے افسانوں کے پانچ مجموعے شائع ہو چکے ہیں۔ ترقی پسند تحریک کی عظیم و نمائندہ شخصیت سجاد ظہیر کی دختر نجمہ ظہیر ان سے بیاہی گئی تھیں، اس لحاظ سے علی باقر، سجاد ظہیر کے داماد تھے۔ انہوں نے عثمانیہ یونیورسٹی (حیدرآباد) اور آکسفورڈ یونیورسٹی (لندن) میں تعلیم حاصل کی تھی۔ تعلیم اور ملازمت کے سلسلے میں ان کا قیام برطانیہ میں تقریباً چودہ (۱۴) برس رہا، بعد ازاں وہ دہلی میں سکونت پذیر ہو گئے۔

علی باقر جدید افسانہ نگاروں میں شمار ہوتے ہیں لیکن انہوں نے انسان کی جلاوطنی، محرومی وناکامی سے زیادہ انسانی اقدار اور معاشرتی، ثقافتی و تہذیبی اقدار کی پیش کشی پر زیادہ توجہ صرف کی ہے۔ انہوں نے اپنی کہانیوں کو کبھی نہیں بنایا مگر وہ اپنی تحریروں میں ہر جگہ موجود رہتے ہیں۔ ان کی کہانیاں بڑی حد تک ان کے احساسات اور مشاہدات اور تجربات کی عکاسی کرتی ہیں۔ ان میں اس مغربی تہذیب کا تذکرہ ہے جو ان سے برسوں تک طرح طرح کے روپ اختیار کر کے ان کے سامنے آتی رہی اور ایسے موقع پر انہوں نے پلٹ کر مشرقی تہذیب کی طرف دیکھا، کبھی اسے اپنا ہم سفر بانے کے لیے تو کبھی اپنا رہنما۔ وہ مغرب اور مشرق سے اپنی اس لین دین کو پوری ایمانداری کے ساتھ اپنے قارئین تک پہنچا دیتے ہیں۔

یہ کتاب "وطن کی یاد" علی باقر کے چند منتخب افسانوں پر مشتمل ہے۔

کُہر

ہر طرف کُہر گہری چھائی ہوئی ہے اور دنیا کے تمام افق، تمام وسعتیں کھینچ کر میرے دفتر کی کھڑکی کے شیشوں سے آکر لپٹ گئی ہیں اور ایک دُودھیا اجالا بکھرا پڑا ہے۔ ابھی ابھی ٹیلی فون کی گھنٹی بجے گی اور تم مجھ سے بات کروگی۔ اپنا نام تمہاری آواز میں گھل کر کتنا بھلا لگتا ہے! تم جب مجھ سے بات کروگی تو یہ ٹھنڈی کہر نگاہوں کے سامنے سے ہٹ جائے گی۔ اور میں تمہارا بھولا بھالا چہرہ دیکھ سکوں گا۔ تمہاری کالی آنکھوں میں درد کی ایک ایسی چمک دیکھ سکوں گا جو میرے دل میں ایک کسک سی چھوڑ دیتی ہے۔ میں تم سے کہوں گا کہ شنیلا آجاؤ ـــ ـ ـ ـ ـ ہم تم ہائیڈ پارک میں گھومیں گے۔ دراز درختوں کے درمیان نم گھاس پر۔ اس گہری کہر میں ہم دونوں جھیل کے گرد چکر لگائیں گے، میں تمہارے ہاتھوں کو اپنے ہاتھوں میں لے کر گرم رکھوں گا، تم اپنی اداس سی آواز میں باتیں کروگی ـــ یوں ہی اِدھر اُدھر کی ـــ ہم دونوں ساری دنیا سے بے خبر ایک دوسرے

کے ساتھ رہیں گے۔ ہائیڈ پارک کے باہر لندن کی ٹریفک کی گھما گھمی ہوگی، مگر ہم دونوں بے نیاز رہوں گے۔ میں تم سے کہوں گا کہ وقت کا صرف ایک روپ ہوتا ہے —— ماضی بنیادی۔ ہر بات، ہر واقعہ، ہر لمحہ ماضی میں بدل جاتا ہے۔ ہر انسان، ہر چہرہ، ہر نگاہ، ہر آواز، ہر خوشبو، ہر رشتہ ایک یاد بن جاتا ہے۔ بعض یادیں مرجھا کر خشک پتوں اور سوکھی ہوئی ٹہنیوں کی طرح ہو جاتی ہیں۔ جو خزاں کے موسم میں سست روی سے بہتے ہوئے دریا کے کنارے پڑی رہتی ہیں مگر کچھ یادیں شگفتہ اور شاداب ہوتی ہیں —— تازہ کھلے ہوئے پھولوں کی طرح۔ تم کسی تناور درخت کے نیچے میرے قریب آجاؤ گی۔ میں تمہارے بالوں کی مہک اپنے قریب محسوس کرسکوں گا۔ ہائیڈ پارک میں گزارے ہوئے یہ لمحات حسین یادوں میں بدل جائیں گے —— یادیں جو ہم دونوں کے ذہنوں میں محفوظ رہیں گی۔ کئی برس بیت جانے پر بھی ہم آج کی صبح کو یاد رکھ سکیں گے۔ ہم یہ سوچ کر خوش ہوں گے کہ کہیں چھپے ہوئے لندن میں ایک صبح ہم اور تم ساتھ تھے۔ اس ٹھنڈی صبح کو، اس گرمی کو ہم کبھی نہ بھولیں گے جو تمہارے خوب صورت ہاتھوں کو میرے ہاتھوں سے ملے گی، جو میرے رخساروں کو تمہارے چہرے کے لمس سے ملے گی۔

کل رات "پلے بوائے کلب" میں کھانا کھاتے ہوئے تم کتنی جذباتی سی ہو رہی تھیں! کتنی تیز موسیقی بج رہی تھی —— جیسے افریقہ کی آزاد زندگی آواز کے سہارے لندن کے کلب میں داخل ہو گئی ہو —— فرش پر کتنے جوڑے ناچ رہے تھے۔ طرح طرح کے رنگوں میں ملبوس روشنیاں ماحول کو طلسمی بنا رہی تھیں۔ تم چاہ رہی تھیں کہ چمک دار چوبی فرش پر میرے ساتھ رقص کرنے لگو۔ میں چاہتا تھا کہ تم سے باتیں

کروں، ان تیز رنگ برنگی روشنیوں اور اونچی موسیقی سے دور تمھیں ساتھ لے کر جا بیٹھوں جہاں نسبتاً اندھیرا تھا۔

"دیکھ لیے لوگ ناچتے ناچتے ایک دوسرے کے کتنے قریب آجاتے ہیں۔" تم نے جیسے سرگوشی میں مجھ سے کہا تھا۔

"مگر شنیلا، جسموں کے قریب آجانے سے طبیعتیں تو نہیں مل جاتیں۔ دل تو نہیں مل جاتے، سوچنے کا انداز تو ایک جیسا نہیں ہو جاتا۔ میں نے تمھیں سمجھانے کی کوشش کی تھی۔"

مگر کل رات کلب میں میں نے یہ نہیں سوچا تھا کہ آج صبح اتنی گہری کہر ہو گی اور اس ٹھنڈی کہر میں خود میں بھی سوچوں گا کہ جسمانی قربت بھی ایک طرح کی رفاقت ہوتی ہے۔

تم چار سال سے لندن میں ہو اور مجھ سے اب تک نہ ملیں اور اب ملی ہو جب تم ہندوستان جانے والی ہو۔ وقت اور فاصلے کی حدیں ہم دونوں کو دور کرنے والی ہیں۔ ہماری زندگی میں خوشی ایک حادثے کی محتاج ہوتی ہے۔ ہو سکتا تھا کہ ہم اور تم کبھی نہ ملتے۔ ہو سکتا تھا کہ تم خوشی خوشی وطن واپس لوٹ جاتیں۔ مگر کل رات تمھیں لندن چھوڑنے کا رنج تھا، شنیلا، اب جب ہم اور تم مل ہی گئے ہیں تو پھر وقت برباد نہ کرو۔ قریب آجاؤ۔ ان تیزی سے بھاگتے ہوئے لمحات کو حسن بخش دو۔ وہ حسن جو تمہاری طبیعت کی سنجیدگی میں ہے، جو تمہارے بالوں کی ریشمی لٹوں میں ہے، جو تمہاری سیاہ آنکھوں میں چھپے ہوئے درد میں ہے۔ آؤ، میرے ساتھ ہائیڈ پارک میں سیر کرو۔ پھولوں کو کہر میں سے جھانکتا ہوا دیکھو، جھیل کی ٹھنڈی سطح

سے ملگجے آسمان تک کہر کی سفید چلمن کو دیکھو ......

ابھی جب ٹیلی فون کی گھنٹی بجے گی تو تمہاری آواز مجھ تک پہنچے گی۔ میں چاہوں گا مگر یہ نہ کہہ سکوں گا کہ شنیلا، چلو ہائیڈ پارک میں گھومیں۔ تم بھی مجھ سے ملنے کے لئے نہ کہوگی۔ ہم دونوں رسمی باتیں کریں گے ——— یوں ہی اِدھر اُدھر کی باتیں تم مجھے بتاؤ گی کہ تمہارا سارا سامان پیک ہو گیا ہے اور تمہارا شوہر ایر پورٹ لے جانے کے لئے کار کا انتظام کرنے گیا ہے۔ تم مجھ سے اپنے بچے کے بارے میں باتیں کروگی جو بمبئی میں تمہارے انتظار میں ہے۔ تم دل کی بات زبان تک نہ لاؤ گی۔ اس ڈر سے کہ کہیں میں تمھیں غلط نہ سمجھ لوں۔ تم جو ایک شادی شدہ عورت ہو۔ ایک بچے کی ماں! اور پھر تمہیں اور مجھے یہ خوف بھی ہوگا کہ کہیں میری بیوی کو پتہ نہ چل جائے۔ تم میری بیوی کی بھی دوست ہو نا جیسے میں تمہارے شوہر کا دوست ہوں۔ تم یہ نہیں چاہتیں کہ میری بیوی کو تمہاری کسی بات سے رنج پہنچے ـــ وہ اتنی اچھی ہے کہ اس کو تکلیف دینا بھی گناہ ہے۔ میں بھی نہیں چاہتا کہ تمہارے شوہر کو کسی شبہ کا موقع دوں، وہ بڑا اچھا انسان ہے، تمھیں بہت چاہتا ہے اور پھر تمہاری اپنی زندگی ہے، اپنے فرض ہیں۔ میں بہت چاہتا ہوں مگر تم سے نہیں کہہ سکتا کہ ہائیڈ پارک آجاؤ۔ تم بہت چاہتی تھیں، مگر کل رات کلب میں ہم نے ساتھ رقص نہ کیا ——— تم ابھی فون پر یہ بتاؤ گی کہ تمہارا جہاز پانچ یا چھ یا سات بجے شام روانہ ہوتا ہے اور میں تم سے کہوں گا کہ میں اور میری بیوی تمھیں الوداع کہنے ایر پورٹ ضرور آئیں گے ——— اور ہم آئیں گے بھی۔ تم ہم دونوں سے رخصت ہو کر کسٹم سے نکل کر اپنے جہاز کی طرف چلی جاؤ گی اپنے شوہر سے باتیں کرتی ہوئی۔ میں اپنی بیوی کے ساتھ تم دونوں کی باتیں کرتا اپنے فلیٹ میں

آجاؤں گا۔ شاید ہم لوگ پھر ملیں گے ــــــ مگر جب تک کتنی تبدیلی آگئی ہوگی ہم دونوں میں۔ پھر یہ ہائیڈ پارک نہ ہوگا اور نہ کہر میں ڈوبی ہوئی یہ صبح اور نہ لندن کی یہ مصروف زندگی جو اندرونی تسلی کے لئے نت نئے بہانے ڈھونڈتی ہے۔ ہم دونوں جو بغیر کچھ کہے ایک دوسرے کے اتنے قریب آگئے تھے، پھر دور ہٹ جائیں گے۔ پھر خوشیوں کی یہ آنکھ مچولی نہ رہے گی۔ یہ گزرتے ہوئے لمحات سوکھے ہوئے ہوں اور مرجھائے ہوئے پھولوں میں بدل جائیں گے۔

اب ساڑھے دس بجنے کو ہیں۔ تمہارا فون اب آتا ہی ہوگا۔ میرے کمرے کی کھڑکیوں سے سفید کہر جھانک رہی ہے۔ یہ میری رازدار ہے اسے تمہارے اور میرے بارے میں سب کچھ معلوم ہے ــــــ میں اب کمرے میں نہیں بیٹھ سکتا۔ میں ہائیڈ پارک جا رہا ہوں شنیلا ــــــ ہو سکتا ہے کہ تم بھی وہیں آکر مل جاؤ ــــــ جھیل کے کنارے، تنا ور درخت کے ٹھنڈے سائے میں، پھولوں کی کیاریوں کے قریب جہاں ابھی خزاں نہیں آئی ہے۔

••

اعتراف

کیپٹن ورما جب ڈاکٹر راج کے بنگلے کے کمپاؤنڈ میں داخل ہوا تو اسے ایک نظر میں ہی ڈاکٹر راج کی دولت اور سلیقہ مندی کا اندازہ ہو گیا۔ رنگین پھولوں سے لدی بیلوں سے ڈھکے ہوئے پورٹیکو سے گزر کر وہ کال بیل بجانے ہی والا تھا کہ اسے کتے کے بھونکنے کی آواز نے چونکا دیا۔

"وہسکی، وہسکی، کم ہیر!" سفید السیشن کو روکتی ہوئی ایک حسینہ ڈرائنگ روم کے دروازے میں آ کھڑی ہوئی۔

"معاف کیجئے، ہمارا وہسکی اجنبیوں سے کچھ اخلاق سے پیش نہیں آتا۔" وہ کیپٹن ورما کو سوالیہ نظروں سے دیکھتے ہوئے بولی۔

"جی کوئی بات نہیں ——— آپ کا وہسکی اجنبی کو دیکھ کر بھونکنے لگتا ہے اور میں .... میں اپنا تعارف کرائے دیتا ہوں۔" وہ ہنسنے لگی اور ورما کو محسوس ہوا کہ اس

حسینہ کی مسکراہٹ بہت ہی دل کش ہے۔" میں کیپٹن ورما ہوں —— چند دن پہلے ڈاکٹر راج سے میری ملاقات بیروت کے ہوائی اڈے پر اتفاقاً ہوئی تھی۔ انھوں نے کہا تھا کہ میں جب بھی دلی آؤں، ان سے ضرور ملوں۔"

"آپ اندر تشریف لے آئیے۔ میں مسز راج ہوں۔ ڈاکٹر صاحب تو اس وقت کلب گئے ہیں۔ اب میں بھی جانے والی تھی۔ آپ بھی وہیں ساتھ چلئے۔"

ابھی کیپٹن ورما اپنی رضامندی کا اظہار بھی نہ کر پایا تھا کہ ایک مترنم سی آواز سنائی دی، "اب چلئے بھی دیدی، میں تو کب سے تیار ہوں ——"

ورما نے دیکھا کہ سفید جارجٹ کی ساڑھی پہنے ایک نوجوان لڑکی ڈرائنگ روم میں آگئی ہے۔ اس نے فوراً کہا "اوہ معاف کیجیے گا، مجھے نہیں معلوم تھا کہ کوئی مہمان آئے ہوئے ہیں۔"

آشا —— یہ کیپٹن ورما ہیں، ڈاکٹر صاحب کے دوست۔ اور ورما صاحب، یہ آشا ہیں میری چھوٹی بہن۔" مسز راج دھیمی مسکراہٹ سے کو محبت سے تھپ تھپاتے ہوئے کہنے لگیں۔" آشا، کیپٹن ورما بھی ہمارے ساتھ کلب چل رہے ہیں۔

کار مسز راج ڈرائیو کر رہی تھیں، ورما اخلاقاً پیچھے بیٹھنے لگا، مگر دونوں بہنوں نے اصرار کیا کہ سب ساتھ ہی اگلی سیٹ پر بیٹھیں۔ راستے میں اسے بتایا گیا کہ آشا لکھنؤ یونی ورسٹی میں انگریزی ادب میں ایم اے کر رہی ہے اور چھٹیاں گزارنے اکثر اپنی بہنوئی کے پاس دلی آتی ہے۔"

کلب میں ڈاکٹر راج اس سے بڑی گرم جوشی سے ملے اور انھوں نے اپنے بے شمار دوستوں سے ورما کی ملاقات کرا دی۔ مگر تمام شام کیپٹن ورما ذہن میں

دونوں بہنوں کا تقابل کرتا رہا۔ آشا کا حسن مسز راج کی طرح چونکا دینے والا نہیں تھا اس کی باتوں میں وہ شوخی نہ تھی جو پہاڑی دریاؤں میں ہوتی ہے۔ آشا تو کسی گہرے سمندر کی طرح شانت اور سنجیدہ تھی۔

ڈاکٹر راج کے گھرانے سے کیپٹن ورما کی یہ پہلی ملاقات تری تعلقات کا پیش خیمہ بن گئی۔ کیپٹن ورما کا جہاز اب جب بھی دلی آتا، وہ ان لوگوں سے ضرور ملتا ـــ وقت کے ساتھ ان کی دوستی گہری ہونے لگی۔ آہستہ آہستہ وہ ڈاکٹر راج کے گھر کا ایک فرد سا بن گیا ـــ ہر دعوت، ہر ڈنر، ہر پارٹی کی جان۔ کلب میں وہ دونوں بہنوں کے ساتھ ٹینس کھیلتا اور جس دن ڈاکٹر راج کی چھٹی ہوتی وہ ان کے بنگلے کے خوب صورت لان پر دھوپ میں بیٹھا ٹھنڈی بیر پیتا۔

"تم نے اب تک شادی کیوں نہیں کی؟" ایک دن ڈاکٹر راج نے باتوں ہی باتوں میں پوچھ لیا۔

"ذمہ داریوں سے گھبراتے ہوں گے" مسز راج نے مسکراتے ہوئے بات آگے بڑھائی۔

میں ذمہ داریوں سے گھبراتا ہوتا تو لاکھوں کروڑوں روپے کا ہوائی جہاز اور کتنے ہی آدمیوں کی جانیں لے کر یوں فضاؤں میں نہ اڑتا پھرتا۔" ورما نے مسز راج کے سوال کا جواب دیتے ہوئے کہا۔

"تو پھر کیا بات ہے؟"

ابھی تک اس بات پر غور نہیں کیا۔ گھریلو زندگی سے میں دور دور ہی رہا ہوں۔ اب کبھی کبھی جہاز اڑاتے وقت ایسا لگنے لگا ہے کہ بادلوں کے قریب کہیں ڈھولک

پر بابل کے گیت گائے جا رہے ہیں اور شہنائی بج رہی ہے۔ مگر پھر خیال آتا ہے کہ جتنی شادی کے لائق لڑکیاں تھیں ان کی تو شادی ہو بھی چکی ہے۔" ورما نے یہ بات کہتے ہوئے مسز راج کو دیکھا اور وہ مسکرانے لگی۔

نیا سال منانے کے لیے ڈاکٹر راج نے ایک بڑی بھاری پارٹی دینے کا فیصلہ کیا۔ گھر کو رنگین قمقموں سے خوب سجایا گیا۔ لان کے ایک حصے میں لکڑیاں اکٹھا کر کے آگ جلائی گئی۔ مہمان آگ کے گرد بیٹھے شراب پیتے رہے اور باتیں کرتے رہے۔ کچھ مہمان اندر ہال میں مغربی دھنوں پر رقص کرتے رہے۔

ورما باری باری دونوں بہنوں کے ساتھ ناچتا۔ وہ سوچ رہا تھا کہ ان دونوں کے رقص کرنے کے انداز میں بھی فرق ہے۔ آشا میں شرم اور جھجک تھی۔ ناچتے ناچتے قریب آ جاتے میں وہ مسز راج کی طرح بے باک اور شریر نہ تھی۔

"آج کی رات آپ اتنے سنجیدہ کیوں ہیں؟ کیا سوچ رہے ہیں آخر؟" آشا نے اس کے قدموں سے قدم ملاتے ہوئے پوچھا۔

"جب میں چھوٹا تھا اور کسی ہوائی جہاز کو آسمان میں اڑتے ہوئے دیکھتا تو سوچتا کہ بڑا ہو کر پائلٹ بنوں گا۔" کیپٹن ورما کو اچانک اپنا بچپن یاد آ گیا تھا۔

"اور جب آپ پائلٹ بن چکے ہیں تو کیا سوچتے ہیں؟" آشا ایم اے کی طالبہ ہونے کے باوجود اپنی معصومیت نہ کھو سکی تھی۔

اب جب میں آسمان کی نیلاہٹ میں اڑتا ہوں تو سوچتا ہوں کہ کاش وہاں نیچے زمین پر میرا اپنا گھر ہوتا، اپنی بیوی ہوتی، بچے ہوتے۔"

چاند ستاروں کی دنیا میں رہنے والوں کو زمین پر تو کوئی نظر نہ آتا ہوگا۔"

آشا نے پوچھا۔

"نہیں، نظر تو آگیا ہے" ورما نے قریب سے گزرتی ہوئی مسز راج کو دیکھ کر مسکراتے ہوئے کہا: "اب کل صبح میں بیروت اور لندن ہوتے ہوئے نیویارک جا رہا ہوں۔ واپس آکر قسمت آزمائی کروں گا" موسیقی بند ہو گئی اور آشا اور ورما دونوں ان مہمانوں میں شامل ہو گئے جو آگ کے گرد بیٹھے باتیں کر رہے تھے۔

"سال کا آخری ڈانس ------ اپنے اپنے پارٹنر چن لیجئے" کسی نے اونچی آواز میں اعلان کیا۔ ڈاکٹر راج نے آشا سے رقص کی درخواست کی اور کیپٹن ورما جھومتی مسکراتی مسز راج کے ساتھ والز کی دھن پر رقص کرنے لگا۔ جب پرانے سال کے رخصت ہوتے اور نئے سال کی آمد کا لمحہ آیا تو تمام روشنیاں بند کر دی گئیں اور جب بجلی کے قمقموں میں روشنی نے پھر سے انگڑائی لی تو "سالِ نو مبارک" کے نعروں سے کوٹھی گونج اٹھی۔

"سالِ نو مبارک ہو" کیپٹن ورما نے مسز راج کے رخسار سے رخسار ملاتے ہوئے کہا۔

"تمھیں بھی بہت بہت مبارک ہو" مسز راج ایک پھول کی طرح شگفتہ تھیں۔

کافی رات گئے جب الاؤ کی آگ سرد پڑ گئی تھی اور کیپٹن ورما ڈاکٹر راج کی کوٹھی سے باہر نکل رہا تھا تو اس کا دل نئے سال میں آنے والی خوشیوں کے خیال سے جھوم رہا تھا۔

صبح سویرے جب کہر میں چھپے ہوئے پالم ہوائی اڈے پر کیپٹن ورما اپنے جہاز کی طرف بڑھ رہا تھا تو اسے ایک اعلان نے چونکا دیا ------

"کیپٹن ورما آپریشنز کاؤنٹر پر آجائیں۔ یہاں ان کا انتظار ہو رہا ہے۔" اناؤنسر کی آواز آئی۔ اس نے گھڑی پر نظر دوڑائی۔ جہاز کے روانہ ہونے میں بہت کم وقت رہ گیا تھا۔ ورما جلد جلد قدم بڑھاتا ایر ہوسٹسوں کو "گڈ مارننگ" اور "نیا سال مبارک" کہتا آپریشنز کاؤنٹر تک پہونچ گیا، جہاں ڈاکٹر راج اس کے منتظر تھے۔

"ہلو ورما —— تمھیں تعجب ہوگا کہ اتنی صبح میں یہاں کیسے؟ مگر میں ایک ضروری بات کہنے آیا ہوں جو کل یا کل سے پہلے نہ کہہ سکا۔" ڈاکٹر راج جھک کر سگریٹ سلگانے لگے اور ورما کو کچھ ایسا محسوس ہوا جیسے وہ خود بہت پیاسا ہو۔ اس کا حلق جیسے خشک سا ہو گیا تھا۔ جانے ڈاکٹر راج کیا کہنے والے تھے۔ خوب صورت بیوی کے شوہر کچھ ضرورت سے زیادہ شکی ہوتے ہیں۔

"میں نے تم کو بیروت کے ہوائی اڈے پر دعوت دی تھی کہ میرے گھر آنا، مگر آج پالم میں صرف یہ کہنے آیا ہوں کہ اب تم میرے گھر نہ آیا کرنا۔ امید ہے کہ تم میری صاف گوئی کا برا نہ مانوگے۔"

"ڈاکٹر صاحب آپ غلط سمجھ رہے ہیں، آپ کی بیوی بہت حسین ہے اور غالباً اسی ڈر سے آپ یہ احتیاط برت رہے ہیں —— مگر یقین کیجئے مجھے مسز راج میں کوئی دلچسپی نہیں ہے۔" کیپٹن ورما نے فوراً اپنی صفائی پیش کردی۔ "مجھے تو آشا پسند ہے اور اس مرتبہ نیویارک سے واپس آکر اس سے شادی کی بات کرنا چاہتا ہوں۔"

"تم مجھے تنگ نظر نہ سمجھو ورما۔ اگر تم نے میری بیوی میں دلچسپی لی ہوتی تو شاید میں تمھیں معاف کردیتا، مگر آشا...."

ورمانے جلدی سے ڈاکٹر راج کی بات کاٹی، "کیوں کیا آشا مجھ کو پسند نہیں کرتی ؟"

کل رات ڈانس پر مجھے اس بات کا یقین ہو گیا ہے کہ آشا بھی تم کو پسند کرنے لگی ہے۔ مگر آشا سے خود میں بہت محبت کرتا ہوں، اور آشا کے معاملے میں میں رقابت برداشت نہیں کر سکتا۔" ڈاکٹر راج بے بسی اور مجبوری کی قابل رحم تصویر بنے اس کے سامنے آنکھیں جھکائے کھڑے تھے۔

کیپٹن ورمانے چاہا بھی کہ کچھ کہے، مگر الفاظ اس کے منہ سے نہ نکلے۔ وہ آہستہ آہستہ جہاز کی طرف لوٹتے ہوئے سوچ رہا تھا کہ آج کی صبح بھی کیسی صبح ہے کہ سورج نکل آنے پر بھی اتنا اندھیرا ہے۔

••

فاصلے

"پچھلے سال سردیوں کی ایک شام کو جب میں آفس سے چلنے لگا تو ہیلن نے میری طرف ایک عمدہ کالی چھتری بڑھاتے ہوئے کہا۔ آپ اسے لیتے جائیے مسٹر کھانا، نہیں تو آپ بھیگ جائیں گے۔"

میرا نام دراصل کھنہ ہے، مگر جب سے ہندوستان چھوڑا ہے شاید ہی کوئی مجھے ٹھیک نام سے مخاطب کرتا ہو۔

ملک سے باہر رہنے میں یہ بڑی خرابی ہے کہ اکثر خود اپنا نام اجنبی بن جاتا ہے۔

"نہیں ہیلن —— تمہارا شکریہ۔"

میں نے اس سے کہا: "مجھے تو انگلستان آئے ہوئے چھ برس ہو گئے مگر میں نے آج تک چھتری استعمال نہیں کی۔"

"کبھی نہیں؟"، ہیلن نے مسکراتے ہوئے سوال کیا۔ ہیلن جب بغیر کسی خاص

وجہ کے مسکراتی تو خواہ مخواہ شریر نظر آنے لگتی. لڑکیوں میں شرارت دعوت بھی ہو سکتی ہے اور دھوکا بھی۔

ہیلن ہمارے دفتر کے ری سیپشن پر کوئی چھ مہینے سے کام کرتی تھی۔ روز صبح کو جب میں اپنے نام آنے ہوئے خط لینے وہاں جاتا تو ہیلن سے ایک دو باتیں ضرور ہو جاتیں۔ صبح صبح اس کا مسکراتا چہرہ مجھے بہت اچھا لگتا۔ وہ نیوزی لینڈ کی رہنے والی تھی۔ اس کا قد لوٹا سا تھا۔ آنکھیں بڑی بڑی اور گہری نیلی، بال کالے اور لمبے جنھیں وہ روز نئے اسٹائل سے سنوارتی۔ کبھی اس کے بال کھلے ہوئے اس کی کمر پر جھولتے رہتے تو کبھی جوڑے کی شکل میں سجے ہوتے۔ اس کی عمر پچیس چھبیس برس ہوگی، مگر اس کی آواز کی طرح اس کے چہرے میں بھی بچپن سا تھا۔ ہمارے دفتر میں کام کرنے سے پہلے وہ بیلے ڈانسر تھی۔ اب بھی اس کے چلنے کے انداز سے معلوم ہوتا تھا کہ وہ باکمال بیلرینا رہی ہوگی —— ہیلن کی گردن بڑی خوبصورت تھی، تنی تنی سی۔ جس روز وہ اپنے بال جوڑے کی طرح بناتی تو ایک راج ہنس کی طرح نظر آتی جو کسی خاموش جھیل میں بڑی متانت اور تمکنت کے ساتھ تیرتا رہتا ہے۔

" میں ایک شرط پر یہ چھتری لینے کو تیار ہوں۔" میں نے راج ہنسوں کا خیال دماغ سے ہٹاتے ہوئے ہیلن سے کہا۔

" کیا شرط ہے وہ ؟" ہیلن پھر مسکرا رہی تھی۔

" یہی کہ شام کو دفتر سے نکلتے وقت بارش ہو۔ تم میرے ساتھ اس چھتری کے نیچے نیچے چلو گی —— قریب کے بس اسٹینڈ تک یا ٹیوب اسٹیشن تک۔

" مجھے یہ شرط پیش کرتے وقت اپنی بے باکی پر خود تعجب ہوا کہ کتنی آسانی سے

میں نے اس کو اپنا دوست بننے کی دعوت دے دی تھی۔

مگر میرے پاس تو اپنی چھتری موجود ہے۔" لڑکیاں بعض وقت جان بوجھ کر ان باتوں کے لئے انکار کر دیتی ہیں جن کے لئے خود ان کا دل چاہتا ہے۔ ہیلین غالباً فوراً دعوت قبول کرنا نہیں چاہتی تھی ——

"تو پھر یہ چھتری کس کی ہے؟" میں نے اس سے پوچھا۔

"اسے کئی مہینے پہلے نہ جانے کون دفتر میں چھوڑ گیا تھا اور آج تک لینے نہیں آیا میں اکثر دیکھتی ہوں کہ آپ کا سر بھیگا ہوتا ہے۔ کسی دن سردی لگ جائے گی آپ کو۔"

"تمہارا شکریہ ہیلین کہ میرا خیال رکھا —— لیکن تمھیں میری شرط منظور نہیں تو میرا بھیگتے رہنا ہی اچھا ہے۔"

میں چلنے لگا۔

"اچھا ٹھہریئے۔ میں ابھی آئی۔" اس نے کہا۔

تھوڑی دیر بعد وہ میرے ساتھ ساتھ فٹ پاتھ پر چل رہی تھی۔ کھلی ہوئی چھتری کے نیچے، بارش کے قطرے مہین مہین سے آ رہے تھے۔ ہیلین نے بتایا کہ اس کا فلیٹ قریب کے بڑے پارک کی دوسری جانب تھا۔ شام کو اکثر وہ پیدل ہی گھر لوٹتی تھی۔ ایک چھتری کے نیچے جب دو انسان ساتھ چلنے کی کوشش کرتے ہیں تو خواہ مخواہ قریب آ جاتے ہیں۔ جسم سے جسم چھونے لگتا ہے۔ ہاتھ سے ہاتھ مس ہو جاتے ہیں۔ پچھلے سال لندن میں سردیوں میں بھی کافی بارش ہوئی تھی۔ شام کو اکثر رم جھم ہوتی رہتی اور ہر بھیگی ہوئی شام کو ہیلین کی اور میری دوستی کچھ اور بڑھ جاتی۔ وہ مجھ سے میرے بارے میں سوال پوچھتی رہتی اور میں اس کو سب باتیں اس

طرح بتاتا رہتا جیسے بچے اپنے نئے دوستوں کو سارے کھلونے دکھاتے ہیں۔

"آپ آخر چھتری کیوں استعمال نہیں کرتے تھے ؟" ایک دن پارک میں اس نے چلتے چلتے رک کر پوچھا۔ میں آگے بڑھ گیا تھا۔ پانی کے قطرے اس کے چہرے پر گرنے لگے تھے۔ میں نے لوٹ کر اس کو چھتری کی اوٹ میں لے لیا۔

" دیکھو کتنے فائدے ہیں چھتری نہ ہونے میں۔ مثال کے طور پر تم سے دوستی اسی وجہ سے ہوئی ۔" میں نے ہیلن سے کہا۔

" اگر چھتری کا بہانا نہ ہوتا تو شاید میں آپ سے دوستی کرنے کی کوئی اور ترکیب نکالتی ،" اس نے ہنس کر کہا۔ رفتہ رفتہ ہماری بے تکلفی بڑھتی جا رہی تھی۔

" جس دن میں پہلی بار لندن آیا تھا۔ اس روز بھی بارش ہو رہی تھی —— اس طرح رم جھم نہیں جیسی آج ہے، بلکہ اچھی خاصی موسلا دھار بارش ۔ اپنا سامان ہوسٹل میں رکھ کر جب میں ایک ریستوراں میں کھانا کھانے گیا تو مجھے وہاں سب لوگ بھیگے بھیگے ، پریشان سے لگے —— جب میں ریستوراں سے باہر نکل رہا تھا تو آواز آئی ۔

" ہلو ہینڈسم ،" میں نے گھوم کر دیکھا ، ایک لڑکی کسی نوجوان کو پکار رہی تھی جو تیزی سے سڑک پار کر رہا تھا ۔ شاید اس نے لڑکی کی آواز نہیں سنی ۔ میں نے کہا ، کیا آپ مجھ سے مخاطب ہیں ؟"

" اوہ نو ! " اس انگریز لڑکی نے مذاق کے لہجے میں مجھ سے کہا " آپ اپنے کو سمجھتے کیا ہیں ؟"

" حسین ، جوان ، خوب صورت ! " میں نے بھی مسکراتے ہوئے اس کو جواب دیا ۔ وہ اپنی چھوٹی سی ، رنگین پھول دار چھتری کھول چکی تھی ۔ میں بارش کی زد میں آنے

سے ہچکچا رہا تھا۔

" اچھا حسین، جوان، خوب صورت صاحب آپ میری چھتری کے نیچے آجائیے اور جلدی سے بتائیے کہ کہاں جا رہے ہیں ؟"

میں نے چھتری اس کے ہاتھ سے لے کر تھام لی اور ہم ہوسٹل کی جانب چلنے لگے۔

" میں آج ہی ہندوستان سے آیا ہوں۔ یہ میری پہلی انگریزی برسات ہے" میں نے معذرت کے لہجے میں کہا۔

" پتہ نہیں آپ لوگ اتنی اچھی آب و ہوا چھوڑ کر یہاں کیوں آجاتے ہیں ! یہ موسم تو صرف بطخوں کے لئے بنا ہے۔ آپ اپنی اس سانولی رنگت کا خیال رکھئے گا —— کہیں یہ یہاں کی بارش میں ڈھل کر مدھم نہ پڑ جائے۔" اس کے بال سنہرے تھے جو میرے چہرے کو چھو رہے تھے۔ ایک جوان، خوب صورت چینی کی سفید گڑیا کو اپنے قریب پا کر مجھے جھرجھری سی آگئی۔

" آپ کو سردی لگ رہی ہے کیا ؟" اس اجنبی حسینہ نے مجھ سے پوچھا تھا۔

" نہیں ! اصل بات یہ ہے کہ زندگی میں آج پہلی بار ایک لڑکی میرے اتنے قریب آئی ہے —— وہ بھی پردیس میں !میں نے اسے سچ سچ بتا دیا۔ ان جانے لوگوں سے سچ بولنے میں اکثر کوئی تکلف نہیں ہوتا۔

کیوں، کیا ہندوستان میں لڑکے لڑکیاں ایک دوسرے سے نہیں ملتے جلتے۔ ؟" ہیلن نے قصے کے بیچ میں ٹوک کر مجھ سے سوال کیا۔ اس کا فلیٹ آگیا تھا۔ اس نے کمرے میں پہنچ کر ہیٹر جلا دیا۔

"ہندوستان بہت بڑا ملک ہے ہیلن، ہر قسم کے لوگ رہتے ہیں وہاں۔ میں جس ماحول میں رہا۔ وہاں لڑکے لڑکیوں میں ایک طرح کی جسمانی دوری ہی رہی۔" میں نے سمجھایا۔

"اچھا پھر ——— پھر آگے کیا ہوا؟" ہیلن نے پوچھا۔

"پھر کیا ہوتا ——— میرا ہوسٹل آگیا۔ میں نے اس خوب صورت لڑکی کا شکریہ ادا کیا کہ لندن میں میری پہلی شام کو اس نے خوش گوار بنا دیا۔ میں نے پوچھا کہ اس کا نام کیا ہے تو وہ کہنے لگی، "نام جان کر کیا کرو گے؟ ایک ہفتہ ہوا میری منگنی کو ——— یہ دیکھو انگوٹھی۔" اس نے اپنا ہیرے کی انگوٹھی والا ہاتھ میرے ہاتھ میں دے دیا۔ اس کا ہاتھ نرم تھا اور سرد۔ غالباً بارش کی وجہ سے۔"

"بہت چاہتی ہوں گی، آپ اپنے منگیتر کو؟" میں نے اس سے پوچھا۔

"واہ! تم نئے نئے ہو نا اس ملک میں! تھوڑے دن میں سمجھ جاؤ گے کہ لڑکیاں اس ہیرے کی انگوٹھی کے لئے کیا کیا جتن کرتی ہیں۔ اچھا اب میں چلتی ہوں۔ خدا کرے جس مقصد کے لئے تم اپنے ملک کی اتنی اچھی آب و ہوا کو چھوڑ کر یہاں آتے ہو۔ اس میں کامیاب رہو۔ ہیرے کی انگوٹھی بہت سوچ سمجھ کر خریدنا اور اپنی سانولی رنگت کا خیال رکھنا۔ وہ مجھے ہوسٹل کے دروازے تک چھوڑ کر واپس چلی گئی۔ میں اندر جانے ہی والا تھا کہ اس کی آواز نے مجھے چونکا دیا۔

"ذرا ایک منٹ کے لئے ادھر آنا" وہ ہوسٹل کے دروازے کے قریب دیوار سے لگی کھڑی تھی۔ میں نے سوچا لندن میں تمہاری پہلی شام کو اور خوش گوار بنا دوں اپنے دونوں ہاتھ اس نے میرے گلے میں اس طرح حمائل کئے کہ اس کی چھتری

ہمارے سروں پر بارش کو روکتی رہی، اور پھر میرے ہونٹوں کا اس نے ایک طویل بوسہ لیا: "لندن آنا مبارک۔ یہ تمہارا پہلا پیار ہے نا۔ تم اس پیار کی لذت کو کبھی نہیں بھولو گے، اور جب تم اس لذت کو یاد کرو گے تو شاید مجھے بھی یاد کرو ——— کتنی خود غرض ہوں میں؟ ہے نا؟" اس سے پہلے کہ میں اسے جواب دیتا وہ جا چکی تھی۔ اس واقعہ کے بعد آج تک میں اس سے کبھی نہیں ملا۔ میں ہیلن کے ہونٹوں کی طرف دیکھ رہا تھا جو ہیٹر کی سرخ روشنی میں کچھ اور زیادہ دل آویز لگ رہے تھے۔ وہ بڑے غور سے میری باتیں سن رہی تھی۔ "ہیلن، آج سے جب بھی ہم ایک دوسرے کو پیار کریں گے تو اس پیار کو یاد رکھیں گے جو ہم نے زندگی میں پہلی بار کیا تھا۔" ہیلن نے آنکھیں بند کر لیں اور اپنا چہرہ میری طرف بڑھا دیا۔ اس کے ہونٹوں کی نرمی میں اس رات بڑی پیاری سی خود سپردگی سی تھی۔

"تم ابھی آنکھیں بند کیے کس کو یاد کر رہی تھیں؟" میں نے ہیلن سے پوچھا۔

"پیٹر کو ——— وہ اور میں ایک ساتھ ایک ہی کلاس میں پڑھتے تھے۔ چھٹی کے دن ہم اکثر ساتھ سمندر میں تیرنے جاتے۔ سیپیاں چنتے۔ میں شاید چودہ برس کی ہوں گی۔ جب ایک شام سمندر کے کنارے، گیلی ریت پر کھڑے ہوئے، ڈوبتے ہوئے سورج کے سامنے پیٹر نے مجھے اچانک پیار کر لیا تھا۔" ہیلن کی آنکھیں اس پیار کی یاد سے ایک بار پھر بند ہو گئیں۔ "جب میں نیوزی لینڈ میں تھی تو ہر شام سورج ڈوبتے وقت اس واقعہ کو یاد کرتی تھی۔ اکثر پیٹر میرے ساتھ ہوتا اور اس یاد کو بڑے خلوص سے تازہ کر دیتا۔ مگر لندن میں تو بادل کے سوا کچھ نظر نہیں آتا اور پھر پیٹر یہاں سے بارہ ہزار میل دور ہے۔"

ایک صبح دفتر میں جب میں اپنے خط لینے ریسیپشن ڈیسک پر گیا تو ہیلن نے کہا۔ "آپ سے کچھ باتیں کرنا ہیں۔ شام کو ملئے گا۔"

"مگر ہیلن، آج تو اتنی اچھی دھوپ نکلی ہے۔ بارش شاید بالکل نہ ہو۔"

ہیلن میری بات سن کر مسکرانے لگی ـــ وہی شریر سی مسکراہٹ۔ لیکن اتنے مہینے کی دوستی کے بعد میں جان گیا تھا کہ اس کی مسکراہٹ میں کتنی یگانگت تھی، کتنا خلوص تھا۔

شام کو جب ہم پارک میں سے گزر رہے تھے تو اتنے دن میں پہلی بار مجھے خیال آیا کہ درختوں کی ٹہنیوں پر پتے نہیں تھے۔ بارش میں نظر اٹھا کر دیکھنے کا موقع ہی نہیں ملتا تھا۔ ہیلن کے فلیٹ میں ہم کافی دیر خاموش بیٹھے کافی پیتے رہے۔ میں انتظار کر رہا تھا کہ ہیلن وہ باتیں چھیڑے جن کے لئے اس شام اس نے خاص طور سے مجھے بلایا تھا مگر وہ بہت سنجیدہ سی تھی۔ اس کی آنکھیں اور گہری نیلی ہو گئی تھیں۔

"ہیلن، کوئی دو سال پہلے میں کچھ ہفتوں کے لئے جرمنی گیا تھا۔" میں نے خاموشی توڑنے کے لئے باتیں کرنا شروع کیں۔ "وہاں ہمبرگ میں، دریا کے کنارے ایک ڈانس ہال میں ایک لڑکی کے ساتھ میں کافی دیر رقص کرتا رہا۔ ڈورا نام تھا اس کا۔ لانبا سا قد، جسم عام جرمن لڑکیوں کی طرح گداز۔ نرم سنہرے بال، باریک فریم کی عینک کے پیچھے سے اس کی ذہین آنکھیں چمکتی رہتیں۔ وہ شاید کسی اسکول میں بچوں کو پڑھاتی تھی۔"

"میرا دوست پیٹر بھی اب عینک لگانے لگا ہے ـــ موٹے فریم کی عینک۔" ہیلن نے کہا۔

"وہ دوسری یا تیسری شام تھی۔ جب میں ڈورا کے ساتھ رقص گاہ سے باہر نکلا

تو اچھی خاصی بارش ہو رہی تھی۔ ڈورا نے چھتری کھولی اور ہم سڑک پر چلنے لگے۔ میں نے پیش کش کی کہ میں چھتری تھام لوں مگر ڈورا نے انکار کر دیا کہ بارش اس کے چہرے پر گرتی ہے تو اسے برا لگتا ہے۔"

پیٹر بھی یہی کہتا ہے۔ عینک کے شیشے بھیگ جائیں تو دیکھنے میں مشکل ہوتی ہے ــــ" ہیلن نے کہا۔

میں نے ڈورا سے وعدہ کیا کہ ہر بوند جو اس کے چہرے پر گرے گی اس کو میں اپنے ہونٹوں میں جذب کر لوں گا۔ یہ سن کر ڈورا نے اپنی چھتری بند کر لی اور بارش میں بھیگتی رہی۔"

ہیلن ہنسنے لگی۔ "اگر تم مجھ سے یہ وعدہ کرتے تو شاید میں بھی یہی کرتی ــــ

پھر کیا ہوا؟"

" جب ڈورا بہت زیادہ بھیگ گئی۔ بارش اور بوسوں سے ــــ تو کہنے لگی کہ اس نے فیصلہ کیا ہے کہ کرسمس تک کسی نہ کسی طرح شادی رچا لے گی۔ اور اچانک ہمبرگ میں مجھے لندن کی اپنی پہلی شام یاد آ گئی اور اس انگریز حسینہ کی یہ نصیحت بھی کہ ہیرے کی انگوٹھی بہت سوچ سمجھ کر خریدنا۔ میں نے ڈورا سے کہا کہ میں اپنا پتہ چھوڑ جاؤں گا۔ مجھے تم اپنی شادی میں بلانا نہ بھولنا۔" مجھے بھیگی ہوئی ڈورا کا مایوس چہرہ یاد آ گیا۔

"کیوں آپ کو ڈورا پسند نہیں تھی کیا؟" ہیلن نے پوچھا۔

" نہیں، یہ بات نہیں ــــ وہ جوان تھی اور خوب صورت بھی۔ مگر جس دوستی کی بنیاد صرف جسمانی قربت کی خواہش ہو، وہ دوستی دیرپا نہیں ہو سکتی۔ محبت کی اصل

کسوٹی دراصل دوستی کی جدائی ہے۔ دو جسموں کا ملاپ عارضی طور پر محبت کی سی کیفیت پیدا کر دیتا ہے، اور بس۔"

میں اگلے ہفتے سے دفتر میں کام کرنا بند کر رہی ہوں"، ہیلن نے تھوڑی دیر کی خاموشی کے بعد مجھ سے کہا۔" مجھے ایک ٹیلے کمپنی کے ساتھ یورپ کے مختلف ملکوں میں گھومنے کا کام مل گیا ہے۔ چھ مہینے بعد میں پھر نیوزی لینڈ چلی جاؤں گی۔ آپ سے مل کر پیٹر کی یاد اور شدت اختیار کر گئی ہے۔ ہر بار جب ہم پیار کرتے ہیں تو مجھے سمندر کی موجوں میں ڈولتے ہوئے ایک بڑے سے گول سرخ رنگ کے سورج کی مدھم گرمی یاد آنے لگتی ہے۔"

میں نے کچھ جواب نہ دیا۔ سوچتا رہا۔ پچھلے کئی ہفتے سے میں اکثر جوہریوں کی دوکانوں کے سامنے رک کر ہیرے کی انگوٹھیوں کو چپکے چپکے دیکھتا رہا تھا اور سوچتا رہا تھا کہ ہیلن کو ان میں سے کون سی انگوٹھی اچھی لگے گی۔ مگر اب اس بات کا ذکر ہیلن سے کرنے کی ضرورت نہیں رہی تھی۔ پیٹر کی جدائی اور میری دوستی نے اسے نیوزی لینڈ لوٹنے پر مجبور کر دیا تھا جہاں سورج ہر شام غروب ہونے سے پہلے سمندر کے ساحل پر ان دونوں کو ڈھونڈتا ہے۔

اس رات میں جب ہیلن کے فلیٹ سے چلنے لگا تو میں نے اس کی دی ہوئی چھتری اسے لوٹا دی۔

"اسے آپ ہی رکھئے۔ آپ کو اس کی ضرورت پڑے گی نا؟" ہیلن افسردہ تھی۔ کچھ ایسی افسردگی جو کسی مرے ہوئے شخص کی چیزیں آپس میں تقسیم کرتے وقت اس کے عزیزوں کو ہوتی ہے۔

"نہیں ہیلن —— اب اس چھتری سے کیا فائدہ؟ میرا دل بھی چاہتا ہے کہ ہندوستان لوٹ جاؤں اور ہمارے ملک میں یا تو بارش ہوتی ہی نہیں اور جب ہوتی ہے تو اتنے زور کی کہ باڑھ آجاتی ہے اور گاؤں کے گاؤں بہہ جاتے ہیں۔"

مگر اس رات جب میں گھر لوٹ رہا تھا تو ہمیشہ کی طرح لندن میں بارش ہو رہی تھی اور میرا دل چاہ رہا تھا کہ کوئی ہیرے کی انگوٹھی پہنے میرے ساتھ ساتھ چھتری کے سائے میں ان بے برگ و بار درختوں کے نیچے چلتا ہو جہاں بارش سے بچنا ممکن نہیں ہے۔

خاندانی روایات

بڑی حویلی کی خستہ حال دیواریں زمانہ کی ستم ظریفی پر نوحہ کناں نظر آتیں۔
وہ اونچا پھاٹک جہاں کبھی ہاتھی جھومتا ہوگا اور جہاں رنگین پوشاکوں والے سنتری پہرہ دیتے ہوں گے۔
آج اپنی ویرانی چھپانے کے لئے محلے کے ان بچوں پر سایہ کئے رہتا —— جو دوپہر کی تیز دھوپ میں وہاں کانچ کی گولیاں کھیلنے جمع ہو جاتے۔

زمینداری کے خاتمے اور جاگیروں کے ضبط ہو جانے سے نواب صاحب سخت پریشان تھے۔ ان کے دسترخوان پر برتن زیادہ ہوتے اور کھانا کم۔ خالی ڈالیوں کی تعداد

بھی دن بہ دن کچھ اس طرح کم ہوتی جا رہی تھی جیسے سخت گرمی میں برف کی ڈلی پگھل جاتی ہے۔ نواب صاحب کے پاس بجز شرافت اور خاندان کی گزری ہوئی عظمت کے تصور کے رکھا ہی کیا تھا۔ ماں باپ کبھی کے مر چکے تھے اور شادی ابھی ہوئی نہ تھی۔ بیاہ کا خود انہیں کوئی ایسا ارمان نہ تھا، مگر خاندان کا نام زندہ رکھنے کا خیال بار بار ان کے دل میں چٹکیاں لیتا۔ وہ اکثر اپنی انگلی میں پہنی ہوئی یاقوت کی اس انگوٹھی کو دیکھتے جو ان کے خاندان میں کئی پشتوں سے خاندان کے وارث کو پہنائی جاتی۔ اس انگوٹھی نے اپنی یاقوتی آنکھوں سے ان کے آبا و اجداد کی شان و شوکت کو دیکھا تھا۔ کئی نسلیں گزر گئی تھیں، مگر ہر نواب کو صرف ایک بیٹا ہوتا۔ پیدائش کے فوراً بعد ہی باپ سونے کی ایک نازک سی زنجیر میں یہ انگوٹھی ڈال کر اپنے اکلوتے وارث کے گلے میں پہنا دیتا۔ نواب صاحب کو یاد تھا کہ جب وہ خود چھوٹے تھے تو سفید داڑھی والے خوب صورت سے دادا ابا بڑے فخریہ لہجے میں اپنے خاندان کی اس روایت کا ذکر کرتے کہ اولاد ہمیشہ نرینہ ہوتی اور وہ بھی ایک۔ نواب صاحب اکثر اکیلے میں یاقوت کی سرخ سختی پر پیاس سے انگلیاں پھیرتے ہوئے سوچتے کہ کاش ان کے بھی کوئی وارث ہوتا۔ معاشی حالات سونے کی زنجیر بنوانے کی اجازت تو نہ دیتے، ہاں مگر وہ ابھی اتنے گئے گزرے بھی نہ تھے کہ اپنے اکلوتے لاڈلے کے لئے وہ چاندی کی زنجیر نہ بنوا سکیں۔

چند بزرگ نما دوستوں کی صلاح پر عمل کرتے ہوئے آخر انھوں نے شادی کر ہی ڈالی۔ کچھ نہ ہوتے ہوئے بھی کئی ہزار خرچ ہو گئے۔ ایک دو باغات اونے پونے داموں بیچنا پڑے لیکن اگر وارث ہی نہ ہو تو پھر جائداد کس کام کی۔ آرسی مصحف کے موقع پر قرآن کی آیت پڑھ کر جو انھوں نے کمسن دلہن کی صورت آئینے میں دیکھی تو ان کا دل

چاہا کہ خوب صورت شعر گنگنانے لگیں۔ اپنے جذبات کو شاعری سے علیحدہ کرنے کی کوشش میں انھوں نے بڑی محبت سے 'بیگم' کہا اور خاموش ہو گئے۔ نیند اور تھکن سے مخمور مگر کاجل سے دلہن بنی دو آنکھیں ان کی جانب اٹھ کر پھر شرم و حیا سے جھک گئیں۔

نواب صاحب پرانی وضع قطع کے انسان تھے۔ گزرے وقتوں کے محافظ ان کا زیادہ تر وقت باہر مردانے ہی میں گزرتا، مگر اپنی بیگم کی خیریت سے ہمیشہ باخبر رہتے۔ بچے کی ولادت کا انتظار بڑی منت مرادوں سے ہوتا رہا۔ درگاہوں پر چلے چڑھانے سے لے کر انگریزی طرز کے علاج معالجے تک کو نہ چھوڑا گیا۔ جب بوڑھی دایا خوش خبری لے کر ہانپتی کانپتی مردانے تک آئی تو نواب صاحب کا سر فوراً خدا کی بارگاہ میں جھک گیا ـــــ "پروردگار تیرا لاکھ لاکھ شکر کہ تُو نے مجھے بیٹا دیا۔ تو نے میری، میرے خاندان کی لاج رکھ لی ـــــ " خوشی اور تشکر سے ان کی آنکھیں آب دیدہ تھیں۔ سونے یا چاندی کی زنجیر تو میسر نہ ہو سکی مگر ایک سرخ ڈوری میں یاقوتی انگوٹھی ڈال کر نواب صاحب نے اپنے نورِ نظر کے گلے میں پہنا دی۔ اپنی بیوی کے سر پر ہاتھ پھیرتے ہوئے انھوں نے صرف اتنا کہا "بیگم آج میں بہت خوش ہوں۔ آج تم نے مجھے میرا وارث دیا ہے۔ اس خاندان کا چشم و چراغ ـــــ "

حد سے بڑھے ہوئے لاڈ پیار کے باوجود بچہ تندرست و توانا تھا۔ دن میں کئی کئی مرتبہ نواب صاحب زنانہ حصہ کی طرف آتے اور بچے کی معصوم شرارتوں سے اپنا دل بہلاتے۔ عورت اور آئینہ کے سامنے تو انھوں نے کبھی بچکانی حرکات نہ کی تھیں۔ مگر اپنے بیٹے کے ساتھ کھیلتے ہوئے خود بھی بچہ بن جاتے۔ اگر اگلی سی آن بان

ہوتی تو لاڈلے کی پہلی سالگرہ پر کیا کیا خرچ نہ کیا جاتا۔ دن بھر حویلی پر نقارہ اور شہنائی بجتی۔ شام کو آتش بازی چھوڑی جاتی۔ غریب اور امیر کی شاندار دعوت ہوتی۔ مگر اس کسمپرسی کے زمانے میں بھی انھوں نے کوئی کسر نہ چھوڑی۔

سالگرہ کو صرف ایک دن باقی تھا۔ ابھی کتنے انتظامات کرنا تھے کہ بیگم کی طبیعت اچانک خراب ہوئی تو نواب صاحب بے حد بوکھلا گئے۔ ڈاکٹر کو ٹیکسی بھیج کر فوراً بلایا گیا۔ نوجوان ڈاکٹر نے چلتے وقت نواب صاحب کو مبارک باد دی کہ ان کے گھر پھر خوشی ہونے والی ہے۔ مگر یہ خبر سن کر نواب صاحب کو جیسے سانپ سونگھ گیا ہو۔ وہ سکتے میں آ گئے۔ بھلا یہ کیسے ہو سکتا ہے کہ دوسرا بچہ بھی ہو۔ ان کے خاندان میں سب اکلوتے ہی ہوتے آئے ہیں یہی بات تو باعث فخر رہی ہے۔ ان کے خاندان کی یہ پرانی روایت انھیں اب ٹوٹتی نظر آئی۔ وہ افسردہ اور پریشان تھے کسی بات میں ان کا جی نہ لگتا۔ شام کو وہ حویلی کے اندر آئے تو صحن میں چبوترے پر بیگم بیٹھی تھیں۔ نواب صاحب کو اپنی طرف آتے دیکھ کر وہ اٹھ کھڑی ہوئیں۔ نواب صاحب نے کچھ کہنے کے لئے منہ کھولا تو شدت جذبات سے ان کا گلا رندھ گیا۔

"ہمارے خاندان میں تو ایسا کبھی نہیں ہوا بیگم —" ان کی آواز میں زبردست شکست کا جیسے احساس سمو گیا ہو۔ وہ روایات جن کو انھوں نے اپنی جان کی طرح رکھا۔ اب بھسم ہو جانے کو تھیں۔ ایک سے زیادہ بچے پیدا ہونا ان کے لئے اتنا ہی برا تھا جتنا بن اولاد مر جانا۔

رات کو جب کھانے پر نوکر کے بلانے سے بھی نواب صاحب نہ آئے تو بیگم انھیں خود بلانے گئیں۔ اندھیرے کمرے میں وہ مسہری پر خاموش لیٹے تھے۔

"چلئے کچھ کھا لیجئے۔ کل ننھے کی سالگرہ ہے نہیں تو آپ کو کمزوری ہوگی"۔ بیگم نے مسہری کی پائینتی کے پاس کھڑے ہوتے ہوئے کہا۔

"نہیں مجھے بالکل بھوک نہیں"، نواب صاحب نے آہستہ سے جواب دیا۔

"میرا دل تو کسی بات میں نہیں لگ رہا۔"

بیگم مسہری کی پٹی پر بیٹھ گئیں۔ نواب صاحب نے پیر سکیڑ لئے بہت ہی آہستگی سے جیسے ذہنی درد و کرب نے ان میں ذرا سی سکت نہ چھوڑی ہو۔

"جی میں ایک بات کہنا چاہ رہی تھی ــــ" بیگم نے سہمی ہوئی آواز میں کہا جیسے ایک بچہ ماں کی ڈانٹ کے خوف سے مسکین بن جاتا ہے۔

"ہاں ہاں کہو ــــ"

"مجھے بڑی شرمندگی ہے یہ اعتراف کرتے ــــــ" سچ بولنا بیگم کی خاندانی روایات میں داخل تھا، ان کی ماں نے ان سے ہمیشہ یہی کہا تھا کہ سانچ کو آنچ نہیں۔

"کہو کہو بیگم ــــ ڈرو مت ــــ کہیں سے تم نے قرضہ لے لیا ہے کیا ــــ؟" نواب صاحب نے بزرگانہ شفقت سے پوچھا۔

"جی نہیں ــــ دراصل کہنا یہ تھا کہ یہ جو بچہ ہونے والا ہے آپ کا نہیں ہے ــــ" بیگم نے ایک ہی سانس میں پورا راز اگل دیا۔

اندھیرے میں یہ پتہ چلانا دشوار تھا کہ نواب صاحب پر بیگم کے اس اعتراف کا کیا اثر ہوا۔ بڑھتے ہوئے اندھیرے کے ساتھ جیسے گہری خاموشی نے بھی یہ راز سن لیا ہو۔ نواب صاحب بول، بے حس و حرکت پڑے رہے جیسے اس ایک جملے نے انھیں مفلوج کر دیا ہو۔ پھر یکلخت وہ اٹھ کر بیٹھ گئے۔ بیگم یونہی سمٹی سمٹائی بیٹھی رہیں۔ نواب

صاحب کے یوں ہڑبڑا کر اٹھ بیٹھنے کا جیسے انھیں پہلے ہی سے یقین تھا۔

" تو ــــــ تو بیگم میرے دراصل ایک ہی بیٹا ہے۔ "، نواب صاحب کی کانپتی آواز خوشی میں شرابور تھی۔ بیگم کو سخت حیرانی ہوئی، وہ تو توقع کر رہی تھیں کہ خوب ہنگامہ ہوگا؛ طلاق کی دھمکی دی جائے گی۔

" اور جب میرے ایک ہی بیٹا ہے تو خاندان کی روایت تو نہیں ٹوٹی نا ــــــ "

ــــــ نواب صاحب نے اپنی کمزور باہنوں میں بیگم کو لپیٹ کر ایک پرجوش بوسہ لیا ــــ میں تو پہلے ہی کہتا تھا کہ ہماری سات پشتوں میں ایسا نہیں ہوا ــــ "

" بیگم کو احساس ہوا کہ شادی کے بعد سے یہ پہلی بار نواب صاحب نے اتنی گرم جوشی اور خلوص سے ان کے ہونٹوں کو چوما تھا۔

••

خوشی کے موسم

کسی مسز ایم۔ بنرجی نے کلکتہ سے البرٹ مارٹن کو لکھا تھا کہ وہ ایک ہفتہ کے لیے آکسفورڈ آرہی ہیں۔ کیا انھیں ہوٹل کا ایک ایسا کمرہ مل سکتا ہے جس کی کھڑکیاں پارک کی جانب کھلتی ہوں۔ البرٹ نے ایسے کمرہ کا انتظام کر دیا تھا۔ اس کا چھوٹا سا خوب صورت ہوٹل اس بڑے پارک کے کنارے تھا جہاں یونی ورسٹی کے سائنس کے شعبے تھے۔ البرٹ کا تعلق خود اس قدیم یونی ورسٹی سے کبھی نہیں رہا تھا۔ مگر اسے یہ شہر پسند تھا۔ اس کی پرانی تنگ سڑکوں پر دن رات دکھائی دینے والے لڑکے، لڑکیاں پسند تھے جو کالے کالے گاؤن پہنے اونچی اونچی آواز میں باتیں کرتے اِدھر اُدھر گھومتے رہتے۔ البرٹ کو ہندوستانی طلبا سب سے زیادہ اچھے لگتے ـــــ مؤدب، سمجھ دار، مہذب اور پھر ان کا انگریزی بولنے کا مخصوص انداز ـــــ ابھی چند سال پہلے ہندوستان کی ایک چھوٹی سی ریاست کا شہزادہ

البرٹ کے ہوٹل کے سامنے پارک میں کرکٹ کھیلا کرتا۔ وہ آکسفورڈ ٹیم کا کپتان تھا۔ کبھی کبھی اس کے ساتھ ایک خوب صورت، نازک اندام سی ہندوستانی لڑکی ہوا کرتی، جو غالباً فلمی اداکارہ تھی۔ وہ جب ہنستی تو اس کے رخساروں میں ننھے ننھے خوب صورت سے گڑھے پڑ جاتے تھے۔ البرٹ کو ایسے وقت اپنی مانوشی بڑی شدت سے یاد آجاتی۔

مانوشی سے بچھڑے کتنا عرصہ ہو گیا تھا! وہ ان دنوں یونی ورسٹی میں پڑھتی تھی اور البرٹ شہر کے ایک بڑے ہوٹل کا مینیجر تھا۔ وہ پارک میں چہل قدمی کر رہا تھا جب پہلی بار اس نے مانوشی کو دیکھا تو مانوشی نے ہری ساڑھی پہن رکھی تھی اور اس کے لمبے سیاہ کھلے بال ہوا میں لہرا رہے تھے۔ میوزیم کے سامنے فٹ پاتھ پر وہ البرٹ سے دو چار قدم آگے چل رہی تھی۔ مانوشی کی چال سے البرٹ کو اندازہ ہوا کہ وہ بہت خوش تھی —— ایک ایسی اندرونی خوشی جس کا اظہار الفاظ کا محتاج نہیں ہوتا۔

"تم بہت خوش ہو کیا؟" البرٹ نے آگے بڑھ کر اس گندمی رنگ کی لڑکی سے کہہ ہی دیا تھا۔ اگر وہ اتنی خوش نظر نہ آتی تو شاید البرٹ اس طرح مخاطب نہیں ہوتا۔ لڑکی نے اپنی رفتار قائم رکھی اور مڑ کر البرٹ کو دیکھا۔ اس کی بڑی بڑی کالی آنکھیں چمک رہی تھیں۔ اس کے چہرے سے خوشی پھوٹ رہی تھی، مگر ایسا لگ رہا تھا کہ وہ مسکرا رہی ہو۔ البرٹ کی بات کا جواب دیتے ہوئے وہ مسکرائی اور اس کے رخساروں میں ننھے ننھے گڑھے نمودار ہو گئے۔ "ہاں آج میں بہت خوش ہوں، بہت ہی زیادہ۔ مگر تمھیں کیسے پتہ چلا؟ تم نے تو میرا چہرہ بھی نہیں دیکھا تھا۔"

"تمہاری چال سے —— ایسا لگ رہا تھا جیسے تم ابھی ناچنے لگو گی۔ ہوا میں

اڑنے لگو گی۔ امید ہے کہ تم نے میرے اس طرح بات شروع کرنے کا برا نہ مانا ہوگا۔"
البرٹ خود بہت شرمیلا تھا وہ نہیں چاہتا تھا کہ اس کی نیت کو غلط سمجھا جائے۔

"نہیں، میں نے برا نہیں مانا۔ سچ، بالکل برا نہیں مانا۔ خوشی پر سب انسانوں کا حق ہونا چاہئے۔ خوشی بڑا پیارا تحفہ ہے جو ہم ایک دوسرے کو دے سکتے ہیں، خوشی کو سب میں بانٹنا چاہئے۔ ہر طرف اسے بکھیرنا چاہئے۔ اسی لئے میں پارک جا رہی ہوں۔ وہاں کے پودے اور پیڑ، وہاں کے پھول اور پتے سب میرے دوست ہیں۔"
ان ننھے گڑھوں کے بیچ مسکراہٹ کھیلتی رہی۔ البرٹ کو محسوس ہوا کہ اس لڑکی کے ماتھے پر چمکتی ہوئی بندیا بھی مسکرا رہی تھی۔

"مگر آخر اتنی خوشی کس بات سے ہو سکتی ہے؟" البرٹ کو اس ہندوستانی لڑکی کی باتیں اچھی لگ رہی تھیں۔ اس کی آواز میں عجیب سی مٹھاس تھی۔

"تو تم انگریز ہو اور اتنا بھی نہیں جانتے۔ آج ہندوستان آزاد ہوا ہے۔ ایک ملک کی آزادی ایک فرد کی آزادی سے کسی طرح کم نہیں ہوتی۔" وہ پھر مسکرا رہی تھی اس کے بال ایک انوکھی آزادی سے ہوا میں جھول رہے تھے۔ البرٹ کو بڑی شرم محسوس ہوئی کہ انگریز ہوتے ہوئے اسے یہ نہیں معلوم تھا کہ اس دن ہندوستان آزاد ہو رہا تھا۔

اس دن سے البرٹ اور اس ہنستی ہوئی ہندوستانی لڑکی کی دوستی کا آغاز ہوا جو مسکراتے مسکراتے بڑی سمجھ داری کی باتیں کہہ جاتی تھی۔ اس کا نام مانوشی تھا، وہ بنگال کی رہنے والی تھی اور آکسفورڈ بی۔اے کرنے آئی تھی۔ ایک سال سے کم باقی رہ گیا تھا۔

آکسفورڈ چھوٹا سا شہر ہے۔ بار بار لوگوں سے ملاقات ہو جاتی ہے۔ البرٹ تو خاص طور سے مانوشی سے ملنا چاہتا تھا۔ وہ کسی دوکان سے نکلتے ہوئے، لائبریری سے آتے ہوئے، کالج جاتے ہوئے مل جاتی۔ مگر ان دونوں کی ملاقات زیادہ تر پارک ہی میں ہوتی۔ اکتوبر میں جب بت جھڑ کی رت شروع ہو گئی تو مانوشی البرٹ کو پارک کے درختوں پر سونے کی طرح تپتے ہوئے رنگوں کا حسن دکھاتی۔ نومبر میں جب موسم نے ایک اور کروٹ لی تو سارا پارک کبھی کبھی کہر سے بھر جاتا۔ مانوشی کو وہ دودھیا دھواں بڑا پیارا لگتا۔ کرسمس کے زمانے میں سارا پارک جب سفید برف کی نرم تہوں میں چھپ گیا تو البرٹ اور مانوشی برف سے ڈھکے کسی پیڑ کے نیچے کھڑے ہو کر دور گرجوں میں بجتی ہوئی گھنٹوں کی آوازیں سنتے رہتے۔ مانوشی سے ملنے کے بعد سے البرٹ نے ہر موسم میں نیا حسن پایا۔ ہزار مرتبہ البرٹ نے چاہا کہ وہ مانوشی سے کہہ دے کہ وہ اس سے بے انتہا محبت کرتا ہے۔ مگر مانوشی اسے کبھی محبت کا اظہار نہ کرنے دیتی۔ جون کے آخر میں امتحانوں کے بعد، وہ ہندوستان لوٹ رہی تھی۔ آکسفورڈ کے پرانے ریلوے اسٹیشن کے پلیٹ فارم پر وہ کھڑا مانوشی کو الوداع کہہ رہا تھا۔ مانوشی ڈبے کی کھڑکی سے جھانک رہی تھی۔ آج بھی اس نے وہی ہری ساڑی پہن رکھی تھی جس میں پہلی بار البرٹ نے اسے دیکھا تھا۔

"مانوشی"۔ البرٹ نے اپنی نظریں مانوشی کے چہرے سے دور ہٹاتے ہوئے کہا۔

"میں تم سے اب تک یہ نہ کہہ سکا ....."

"بہت سی باتیں بغیر کہے بھی سمجھ میں آجاتی ہیں"۔ مانوشی نے اپنے لمبے بالوں کو پیچھے جھٹکتے ہوئے کہا۔ آج بھی اس کے ماتھے پر بندیا مسکرا رہی تھی۔ "البرٹ — میرے دوست — محبت اور خلوص کسی سگریٹ یا صابن کی طرح تو نہیں کہ ان کے لئے

بڑے بڑے رنگین پوسٹر بنائے جائیں۔ تم نے آج تک کہیں اشتہار دیکھا ہے کہ گلاب کی خوشبو بہت اچھی ہوتی ہے؟"

"تم اب چلی جاؤ گی تو شاید کبھی نہ ملو۔" البرٹ مانوشی کے مشرقی فلسفے کا کوئی جواب نہ ڈھونڈ سکا۔ وہ جدائی کے خیال سے بے حد افسردہ تھا۔

"بھلا یہ ہو سکتا ہے البرٹ کہ تم پارک جاؤ اور مجھے یاد نہ کرو۔ جب ہلکی دھوپ میں کھلے ہوئے پھولوں کو دیکھو، جب رات کی شبنمی چادر میں درختوں کو لپٹا ہوا دیکھو، جب کہر میں پارک کو چھپا ہوا دیکھو، جب برف کے اڑتے ہوئے گالوں کو شاخوں سے الجھا ہوا دیکھو تو سمجھ لینا کہ میں تمہارے قریب ہوں، تم سے باتیں کر رہی ہوں ــــــ"

ریل ریل آہستہ آہستہ سرکنے لگی اور البرٹ کو اچانک محسوس ہوا کہ اب مانوشی کو الوداع کہنے کی ضرورت نہیں ہے۔ مانوشی ہندوستان نہیں لوٹ رہی تھی وہ تو وہیں آکسفورڈ میں اس کے قریب رہے گی۔ گرجا کی گھنٹیوں میں اس کی آواز گھل جائے گی۔ سورج کی روشنی میں مانوشی کے چہرے کی تمازت نکھر جائے گی۔ رات کی سیاہی میں اس کے بالوں کے پیچ و خم مل جائیں گے۔ محبت واقعی یوں ڈھال دیتی ہے۔

شہر کی سڑکوں اور گلیوں میں ندی کے کنارے اور پارک کے کھلے ہوئے سبزہ زاروں میں البرٹ اکیلا ہوتا، مگر اسے تنہائی کا احساس نہ ہونے پاتا۔

اتنے سال بعد کلکتہ سے آنے والے خط کو پڑھتے ہوئے البرٹ کو ایسا محسوس ہوا کہ مسز ایم بنرجی دراصل اس کی اپنی مانوشی ہے۔ البرٹ نے سوچا، مانوشی کی

شادی ہوگئی ہوگی۔ اس کے بچے بھی ہوں گے۔ البرٹ نے بڑے اہتمام سے ایسے کمرے میں مسز بنرجی کے ٹھہرنے کا انتظام کیا جس کی کھڑکیاں پارک کی جانب کھلتی تھیں۔ مسز بنرجی کے آکسفورڈ پہنچنے میں صرف ایک دن باقی رہ گیا تھا۔ ان کے نام آیا ہوا ایک خط بھی رکھا تھا۔ البرٹ کی بے چینی بڑھتی جا رہی تھی۔ اس نے رات گئے بڑی احتیاط سے مسز بنرجی کے نام لکھا خط کھول کر پڑھ ہی لیا۔ وہ خط مسز بنرجی کو ان کے شوہر نے لکھا تھا۔ القاب سے لے کر آخر تک کا ایک ایک لفظ محبت میں ڈوبا ہوا تھا۔ زندگی میں پہلی بار البرٹ کو رقابت کے جذبے کی شدت کا اندازہ ہوا۔ مانوشی کو اس کا شوہر کس قدر چاہتا تھا! خط پڑھنے سے البرٹ کو پتہ چلا کہ مانوشی اب بھی اتنی ہی حسین ہے۔ اس کے بالوں، اس کی آنکھوں، اس کی مسکراہٹ کا ذکر اس کے شوہر نے کچھ اسی طرح کیا تھا جیسے خود البرٹ سوچتا تھا!

جس صبح کو مسز بنرجی آنے والی تھیں، البرٹ نے پھولوں سے سارا ہوٹل بھر دیا تھا۔ آج اس کی اپنی مانوشی اس سے پھر ملنے والی تھی۔ وہ اس کے ساتھ پارک گھومنے جائے گا۔ مانوشی ابھی تک پارک کو نہیں بھولی تھی۔ گیارہ بجے کے قریب ہوٹل کے سامنے ایک ٹیکسی آکر رکی جس کی کھڑکی سے وہ صرف ہرے رنگ کی ساڑی کا پلو دیکھ سکا۔ البرٹ کا دل جیسے چلتے چلتے رک سا گیا۔ جذبات کی شدت سے البرٹ کی نیلی آنکھوں میں آنسو امنڈ آئے۔ وہ مڑ کر رومال سے آنکھیں خشک کرنے لگا۔

"معاف کیجئے ——— میرا نام مسز بنرجی ہے ——— مسز ایم بنرجی ——— آپ کے ہوٹل میں میرے لئے ایک کمرہ ریزرو ہے" ہندوستانی لب و لہجہ میں کوئی

اس سے مخاطب تھا۔ البرٹ نے گھوم کر مسز بنرجی کی طرف دیکھا۔ وہ مانوشی نہیں تھیں۔ ان کا قد مانوشی سے کم تھا۔ آنکھیں بہت چھوٹی تھیں۔ رنگ میں وہ ملاحت نہ تھی جسم خاصا بے ڈول تھا۔ البرٹ نے کمرے کی چابی مسز بنرجی کی طرف بڑھا دی اور کہا "آپ کا کمرہ پہلی منزل پر ہے۔ وہاں سے تقریباً سارا پارک نظر آتا ہے۔ آپ کے نام ایک خط بھی آیا ہوا رکھا ہے۔"

میرے شوہر کا خط ہوگا ——— خدا جانے اتنے دن میرے بغیر ان کا گزر کیسے ہوگا۔" مسز بنرجی کی آواز میں مانوشی جیسی مٹھاس نہ تھی۔ وہ جب سیڑھیاں چڑھتی ہوئی اوپر جا رہی تھیں تو البرٹ سوچ رہا تھا کہ وہ آخر کیا بات ہے جو ایک عورت کو اس کے شوہر کی نگاہ میں مانوشی جیسا حسین بنا دیتی ہے۔

••

تحفہ

ہمیشہ خوش رہنے والے آنند کی مسکراتی آنکھیں آج خاموش اور افسردہ تھیں۔ وہ بڑی بے دلی سے کار چلاتے ہوئے سوچ رہا تھا کہ اب وہ اپنی روتی ہوئی حسین محبوبہ، اپنی ناراض بیوی مالتی کو کیسے منائے گا۔ مالتی اور وہ دونوں کسی عزیز کو الوداع کہنے نئی دہلی اسٹیشن گئے تھے کہ وہاں کے ہنگامے میں آنند کو اچانک اپنا ساتھی مل گیا۔

"اے ہمیشہ مسکرانے والے شہزادے کیا تم اپنے دوست کو سدا کے لئے بھول گئے؟" اسد نے اس کے قریب آکر کہا اور پھر وہ دونوں بڑے گرم جوشی سے بغل گیر ہو گئے، مگر ابھی وہ ایک دوسرے سے علیحدہ بھی نہیں ہوئے تھے کہ مالتی انھیں پلیٹ فارم پر چھوڑ کر جلدی جلدی باہر نکل گئی۔ مالتی کی آنکھوں سے بے تحاشہ آنسو بہہ رہے تھے۔ اسد سے خط لکھنے کا وعدہ کر کے آنند فوراً اسٹیشن سے باہر آیا

مگر مالتی جا چکی تھی۔ اب کار چلاتے ہوئے آنند سوچ رہا تھا کہ مالتی کو کیسے منائے اسد سے آج یہ کیسی بھول ہوگئی؟ ان کی دوستی بہت پرانی تھی۔ آنند اسد کو خود بہت چاہتا تھا۔ مگر آج اسٹیشن پر مالتی کی موجودگی میں دوستی اور خلوص کا یہ پرانا اور مانوس اظہار آنند کے لئے کتنی مشکل کا باعث بن گیا تھا۔ چار سالہ شادی شدہ زندگی میں مالتی آج اس سے پہلی بار ناراض ہوئی تھی، اپنی بیوی سے آنند کو بے اندازہ محبت تھی۔ مگر مالتی کی خوشی کی خاطر وہ اپنے جگری دوست اسد سے نہ ملے۔ یہ بندش آنند کو گوارہ نہ تھی مگر وہ چپ تھا اور وقت کا منتظر ——— وقت جو کبھی کسی محبوبہ کی طرح دل نواز اور دل فریب ہوتا ہے، اور کبھی کسی جلاد کی طرح بے درد اور سفاک۔

آنند کے سامنے اس کی زندگی کا وہ سب سے حسین لمحہ جب مالتی نے اس سے شادی پر رضامندی ظاہر کی تھی۔ اس وقت ایک کچلے ہوئے سانپ کی طرح آہستہ آہستہ کچھ ایسی رفتار سے رینگ رہا تھا کہ اس کی طوالت دوگنی ہوگئی تھی۔ تجربات حسن کو بدصورتی میں بدل سکتے ہیں، یہ آنند کو آج معلوم ہوا تھا۔

تعلیم سے فراغت کے بعد جب آنند امریکہ سے ہندوستان واپس لوٹا تو اسے ایک بڑی فرم میں عمدہ سی ملازمت مل گئی اور پہلے ہی دن سے آنند اپنے آفس اسٹینو مالتی کو بے انتہا پسند کرنے لگا۔ وہ بے باک تھی، شگفتہ تھی، حسین تھی ——
آنند کی ماں اپنے اکلوتے بیٹے کے اس اعلان سے پھولی نہ سمائی۔ "ماں میں جلد ہی آپ کے لئے ایک خوب صورت سی بہو لاؤں گا اور بہو کا نام مالتی ہوگا"۔ ماں اور آنند مالتی کے گھر میں دولہن بن کر آنے کے خواب دیکھنے لگے۔

اسد کو ایک دن بمبئی میں آنند کا تار ملا "فوراً دلی پہنچو۔ میں بے حد اداس ہوں"۔

اور اسد دوسرے ہی دن ہوائی جہاز سے دلی پہنچ گیا۔ اس کا سب سے پیارا دوست آنند پالم ہوائی اڈے پر اس کا منتظر تھا۔

"کون ہے وہ؟" اسد نے آنند سے بغیر تمہید کے پوچھ ڈالا۔

"مالتی ——— میری اسٹینو۔" آنند جیسے غصہ میں تھا۔

"آہا ——— افسر اور اسٹینو کا روایتی عشق۔ یار آنند میں تمہیں اتنا قدامت پسند تو نہیں سمجھتا تھا۔"

"نہیں اسد مذاق نہ کرو۔ یہ میرا قطعی فیصلہ ہے۔ شادی کروں گا تو صرف مالتی سے اور وہ بھی جلد۔" اسد یہ اعلان سن کر خاموش ہو گیا۔ خوش مزاج آنند کی ضدی طبیعت سے وہ اچھی طرح واقف تھا۔ ضد میں آنند ایک اڑیل گھوڑے کی طرح بے قابو ہو سکتا تھا۔

"تمہاری کہانی میں تیسرا کون ہے؟" اسد نے پوچھا۔

"کوئی مکرجی ہے ——— کسی کمپنی کا سیلز مینجر۔ مالتی اس پر جان چھڑکتی ہے مگر وہ غالباً اس کو چکر دے رہا ہے۔"

آنند نے جس لہجے میں مکرجی کا ذکر کیا تھا اس سے یہ اندازہ لگانا مشکل نہ تھا کہ اپنے رقیب سے وہ کتنا ناخوش تھا۔ "دو تین ماہ میں ایک آدھ دن کے لئے مکرجی دلی آتا ہے اور اسد ——— میرے دوست ——— تم سوچ بھی نہیں سکتے کہ اس دن مالتی کس قدر خوب صورت نظر آتی ہے۔ وہ کتنی محنت سے اپنے بالوں کو سجاتی ہے۔ ایک مخصوص مہک سے اس روز سارا آفس جاگ اٹھتا ہے۔ مالتی کے ٹائپ رائٹر سے اس روز آواز نہیں نکلتی۔ نغمے بکھرتے ہیں۔

"کیا تمہاری ہر کوشش ناکام ہو چکی ہے؟" اسد کہانی کے ہر پہلو کو جاننا چاہتا تھا۔

"ہاں ——— ہر کوشش۔ میں نے مالتی سے کہا کہ ماں تم سے ملنا چاہتی ہے۔ وہ ٹال گئی۔ ابھی پرسوں اس کو میں نے کرسمس ڈانس کے دو ٹکٹ دکھلائے اور ساتھ چلنے کی دعوت دی مگر وہ رضامند نہ ہوئی میں نے وہ ٹکٹ آفس میں یہ کہتے ہوئے رکھ دیئے ہیں کہ تم اگر اپنا ارادہ بدلو تو مجھے فون کر دینا ——— اور اب جب تک مالتی کا فون نہیں آئے گا میں دفتر نہیں جاؤں گا۔"

اسد کو اچھی طرح اندازہ تھا کہ آنند سچ کہہ رہا تھا۔ دوست چاہے کتنے ہی عرصے کے بعد کیوں نہ ملیں ایک دوسرے کی کمزوریوں سے واقف ہوتے ہیں۔

"مگر جی سے مالتی کی دوستی کتنی پرانی ہے؟" اسد نے غالباً آخری سوال پوچھا۔

"مالتی کونونیٹ میں پڑھتی تھی۔ جب اس سے پہلی بار ملی تھی اور اب وہ بائیس برس کے لگ بھگ ہوگی۔"

دوسرے دن مالتی آفس میں بیٹھی اخبار دیکھ رہی تھی کہ ایک نہایت مہذب آواز نے اسے چونکا دیا۔ "کیا مس مالتی ملہوترہ آپ ہی ہیں؟" ایک نوجوان اس سے مخاطب تھا۔

"جی" وہ صرف اتنا ہی کہہ سکی۔ وہ اس نوجوان سے کبھی نہیں ملی تھی، مگر اتنا یقین اسے ضرور تھا کہ وہ ضرور کسی اچھے عہدے پر ہوگا۔ اس کا لب و لہجہ، اس کا قیمتی سوٹ، اس کا خوب صورت ہینڈ بیگ اس بات کی شہادت دیتے تھے۔

"مجھ سے آپ کے دوست آروبندو مکرجی نے آپ سے ملنے کے لئے کہا تھا تھا. شمالی ہند کا زون اب میرے تحت آ گیا ہے۔" آروبندو کے نام پر جیسے مالتی کھل اٹھی۔ اس کی آنکھوں کو دیکھ کر ایسا لگتا تھا جیسے دیوالی کی رات دیکھ لی ہو۔

" وہ خود کہاں ہیں؟" "خط تو خیر وہ کبھی لکھتے نہیں مگر دو تین مہینے میں ملنے تو ضرور آجاتے تھے۔" مالتی اپنے محبوب کی بے رخی کی شکایت یوں بے باکی سے کرکے شرمانے لگی تھی۔ اس کے رخسار سرخ ہو چلے تھے۔

" مکرجی کا تبادلہ تو اب جنوبی ہند کا ہو گیا ہے۔ دلی تو وہ اب شاید ہی آئیں" نوجوان نے مالتی کے سامنے کرسی پر بے تکلفی سے بیٹھتے ہوئے کہا۔" اور ویسے بھی ہم لوگ خانہ بدوش ہوتے ہیں۔ آج یہاں کل وہاں۔ کرسمس اس سال میں دلی ہی میں کروں گا۔ آپ اگر مناسب سمجھیں تو میرے ساتھ ڈانس پر چلیں مس مالتی ملہوترہ میں آپ کے مکرجی کا اچھا دوست ہوں ——— قابلِ اعتبار" وہ خوش مزاجی سے مسکرایا

" اگر آپ آروبندو کے قریبی دوست ہوتے تو یہ دعوت کبھی نہ دیتے۔ میں ان کے بغیر کہیں نہیں جاتی ——— سینما دیکھنے بھی نہیں" مالتی بہت غمگین ہوتی جارہی تھی۔

" ارے مجھے خوب یاد آیا۔ مکرجی نے آپ کے لئے ایک سینٹ کی شیشی بھی تو بھیجی ہے۔" وہ جیسے باتوں کا رخ بدلنا چاہ رہا تھا۔ اس نے جھک کر اپنے سیاہ چمڑے کے بیگ میں سے دو تین خوب صورتی سے بندھے ہوئے پیکٹ نکالے اور ان پر لکھے ہوئے ناموں کو پڑھنے لگا اور پھر جیسے ایک نام پر اس کی نظریں رک گئیں۔

"مالتی کے لئے ——— آرو بندو کی طرف سے ——— کرسمس کی مبارک باد کے ساتھ" باقی پیکٹ اس نے احتیاط سے بیگ میں واپس رکھ کر سرخ کاغذ میں بندھا ہوا یہ تحفہ مالتی کی طرف بڑھا دیا۔ "یہ آپ کے لئے ہے۔"

مالتی کی آنکھوں میں آنسو تیرنے لگے ——— اور باقی وہ سب کس کے لئے ہیں؟"

"مکرجی کی کچھ اور دوستوں کے لئے۔" اس نے کچھ اس طرح کہا جیسے سچ بولنے میں اسے شرم محسوس ہو رہی ہو۔ "اچھا تو اب میں چلوں گا۔ بڑی خوشی ہوئی آپ سے مل کر، مگر افسوس ہے کہ کرسمس ڈانس پر آپ ساتھ نہ چل سکیں گی۔ خیر کوئی بات نہیں۔ مکرجی نے یہ سب پتے دیتے وقت یقین دلایا تھا کہ میں دلی میں اکیلا نہیں رہوں گا ——— اچھا بائی بائی۔"

اس کے آفس سے باہر نکلتے ہی مالتی نے وہ سینٹ کی شیشی اٹھا کر زمین پر دے ماری اور ٹائپ رائٹر پر سر رکھ کر پھوٹ پھوٹ کر رونے لگی۔

اس دن شام کو جب ٹیلی فون کی گھنٹی بجی تو اسد آنند کے گھر میں بیٹھا اس سے باتیں کر رہا تھا۔

"ہلو، میں آنند بول رہا ہوں۔" اور پھر آنند نے بے اختیار دونوں ہاتھوں سے ریسیور پکڑ لیا۔ "ہلو مالتی کہو کیا بات ہے؟ ——— بہت اچھے تو گویا تم کرسمس ڈانس پر چلنے کو تیار ہو؟ بہت خوب مالتی ——— اور ماں سے بھی آکر ملوگی؟؟ تھینک یو مالتی، تھینک یو! تم نہیں جان سکتیں میں کتنا خوش ہوں! ہاں ہاں میں کل آفس ضرور آؤں گا۔ کرسمس میں تو ابھی دو

دن باقی ہیں۔ تھینک یو مالتی!" اور آنند جب فون سے ہٹا تو خوشی اس کے چہرے سے کچھ اس طرح پھوٹ رہی تھی جیسے سورج سے کرنیں پھوٹتی ہیں۔ اس نے اسد سے کہا: "اسد شکریہ تو دراصل مجھے تمہارا ادا کرنا چاہئے۔ اگر آج صبح تم مالتی سے مکرجی کے دوست بن کر نہ ملتے تو اس وقت میں کتنا دکھی ہوتا۔"

اسٹیشن سے گھر لوٹتے وقت یہ سب تفصیلات آنند کے ذہن میں گھوم رہی تھیں۔ بعض باتیں دل پر کچھ اس طرح نقش ہو جاتی ہیں کہ مٹائے نہیں مٹتیں۔ پلیٹ فارم پر آنند اور اسد کو اتنی گرم جوشی سے ملتے دیکھ کر مالتی سب کچھ سمجھ گئی تھی کہ اس کے ساتھ دھوکا کیا گیا تھا۔ آنند جب گھر پہنچا تو وہ مسہری پر لیٹی رو رہی تھی اور آنند سوچ رہا تھا کہ مالتی کو کس طرح سمجھائے کہ محبت اور جنگ میں ہر حربہ جائز ہے اور یہ کہ وہ مالتی سے بے انتہا پیار کرتا ہے۔

مگر عورت تو اپنی پوری زندگی میں شاید صرف ایک بار محبت کرتی ہے ——— پہلی بار!

••

ہمسفر

لندن کے ٹھنڈے کہرے کے بعد پیرس کی نکھری دھوپ بہت ہی پیاری لگی۔ شبانہ کا پیرس کا یہ پہلا سفر ہے۔ وہ بہت خوش ہے اگرچہ فرانسیسی زبان نہ آنے کی وجہ سے کچھ پریشان بھی ہے۔ یہاں انگریزی میں بات چیت کرنے والے مشکل سے ملتے ہیں اور جو یہ زبان جانتے بھی ہیں وہ اس کے بولنے سے پرہیز کرتے ہیں۔ ہوٹل کے کاؤنٹر پر وہ لڑکی بڑی شستہ انگریزی بول رہی ہے۔ اس کے پگھلے تانبے جیسے بال کچھ کچھ جانے پہچانے لگتے ہیں۔ سرخ ہونٹ جو مسکراتے مسکراتے سکڑ کے چھوٹے سے خوب صورت دہانے میں بدل جاتے ہیں ان ہونٹوں کو میں پہلے بھی مسکراتے ہوئے دیکھ چکا ہوں۔ یہ آواز پہلے بھی کانوں میں رس گھول چکی ہے۔

"آپ کا نام ؟" وہ شفاف نیلی آنکھوں سے مجھے اور شبانہ کو دیکھتے ہوئے

پوچھتی ہے۔ شبانہ اس کے سوال کا جواب دے رہی۔ ہے۔ اور میرا ذہن وقت کی رہ گزر پر پیچھے کی طرف لوٹ جاتا ہے۔

کوئی چار سال پہلے کی بات ہے۔ میں جنیوا میں خزاں کے حسن سے متاثر ہو کر رات کو اسٹیشن پہنچا۔ صبح کو مجھے مارسیلز پہنچ کر بمبئی کے لئے جہاز پکڑنا تھا یورپ میں کئی سال گزارنے کے بعد یہ آخری رات ٹرین کے سفر میں کٹنی تھی طبیعت بڑی جذباتی سی ہو رہی تھی۔ دل چاہتا تھا کہ خوب باتیں کرو۔ سوئٹزرلینڈ میں ریلیں ٹھیک وقت پر چلتی ہیں۔ نو بجے ٹرین پلیٹ فارم پر داخل ہو چکی تھی۔ میں سوٹ کیس اٹھائے ڈبے کی گیلری سے ہوتا ہوا ایک کیبن پر رکا۔ ایک طرف ملٹری اوور کوٹ اوڑھے کوئی بے خبر سو رہا تھا اور دوسری طرف کھڑکی کے پاس ایک خوب صورت سی نازک اندام لڑکی بیٹھی تھی۔ اس کے بال تانبے کی طرح دمک رہے تھے۔

"یہاں کوئی اور تو نہیں بیٹھا ہے؟" میں نے دروازے کے پاس اپنا اوور کوٹ لٹکاتے ہوئے اس سے پوچھا۔

"میں انگریزی بالکل نہیں جانتی۔" اس نے خفیف سی مسکراہٹ کے ساتھ فرانسیسی میں جواب دیا۔

"اور مجھے فرنچ بالکل نہیں آتی۔" انگریزی میں جواب دیتے ہوئے اس کے قریب بیٹھ گیا۔

ٹرین ایک ہلکے سے جھٹکے کے ساتھ چل پڑی اور پھر تیز رفتاری سے جنیوا کے مضافات سے گزرنے لگی۔ کھڑکی سے باہر، دوڑتی ہوئی ریل کے ساتھ ساتھ

اندھیرا تھا اور اس خاموش اندھیرے میں سوئٹزرلینڈ کی سوئی وادیاں، پہاڑیاں اور جھیلیں خواب کا سا منظر پیش کر رہی تھیں۔ میں دیر تک اس اندھیرے کو دیکھتا رہا۔ پھر مجھے خیال آیا کہ شاید یہ لڑکی یہی سمجھ رہی ہو کہ میں اسے دیکھ رہا ہوں۔ اس خیال کے آتے ہی میں نے واقعی اس کی طرف دیکھا۔ نیند سے اس کی آنکھیں بوجھل تھیں، اس کے ریشمی بال رخساروں پر جھکے ہوئے تھے اونگھتے اونگھتے اس نے اپنا سر میرے کاندھے پر ٹکا دیا، اور پھر ایک دم چونک کر اٹھ بیٹھی۔ میں نے اشارے سے کہا کہ وہ میرے کاندھے پر سر رکھ کر سو سکتی ہے۔ وہ مسکرائی۔ اس کے ہونٹوں کی سرخی پھر سکڑ کر ایک غنچے میں بدل گئی۔ دھیمی دھیمی سی مہک اس کے بالوں سے آتی رہی اور وہ مسکراتی ہوئی سوتی رہی۔ رات گہری ہوتی گئی۔ ریل کے پہیوں کی تال سے ہمارے جسموں کی حرکت ہم آہنگ ہو گئی۔ میں نے اپنا اوورکوٹ دروازے کے پاس سے اتار کر احتیاط سے اس پر ڈال دیا۔ مجھے خیال آیا کہ سوتے وقت انسان بچوں سے کس قدر مشابہ ہو جاتا ہے۔ کئی گھنٹے یوں ہی گزر گئے۔ ایک اسٹیشن پر ٹرین رکی تو نیلی یونیفارم پہنے گارڈ ہمارے ڈبے میں آیا۔ میں نے وجہ پوچھی تو اس نے بتایا کہ اس لڑکی کو اگلے اسٹیشن پر ایک دوسری گاڑی پکڑنی ہے۔ اور لڑکی نے جگانے کی درخواست کی تھی گارڈ کے جگانے سے پتہ چلا کہ اس کا نام لیزا تھا۔ ٹرین پھر چل پڑی۔ لیزا کی نیلی آنکھوں سے اب نیند غائب تھی مگر اب بھی وہ میرے کاندھے پر سر رکھے حالات کا جائزہ لے رہی تھی۔ میرے دبیز اوورکوٹ سے خود کو ڈھکا پا کر وہ مسکرائی۔ غنچہ کھلنے لگا لیزا نے مجھ سے کچھ کہا۔ میں خاموش رہا۔ کیا کہتا۔ وہ کافی دیر تک آہستہ آہستہ فرانسیسی میں مجھ سے باتیں کرتی رہی۔ پھر اس کا اسٹیشن آ گیا۔ میں نے ٹرین سے سوٹ کیس

اتارنے میں اس کی مدد کی۔ پلیٹ فارم پر اترنے سے پہلے لیزا نے الوداعی انداز میں ہاتھ ملایا اور پھر کچھ سوچ کر میرے رخسار پر آہستہ سے پیار کیا۔ ٹرین چلنے تک لیزا پلیٹ فارم پر کھڑی رہی۔

رات کی ٹھنڈی ہوا میں اس کے بال بکھر رہے تھے۔ ریل چلی تو ہم دونوں نے ہاتھ ہلا کر ایک دوسرے کو رخصت کیا۔ میں جب اپنے کیبن میں واپس آیا تو میرا اوورکوٹ وہیں رکھا تھا جہاں کچھ دیر پہلے وہ بیٹھی ہوئی تھی۔ ایک دم تنہائی کا احساس ہوا۔ لیزا ہمسفر تھی، مگر ہم زبان نہ تھی۔ پھر بھی ایک طرح کا ساتھ تھا۔ صبح کو جب مارسیلز میں اوورکوٹ پہن رہا تھا تو ایک دھیمی دھیمی سی مہک آئی۔ چند سنہرے بال کوٹ پر لگے ہوئے تھے۔ ہندوستان لوٹتے ہوئے جہاز پر کئی بار مجھے لیزا کا خیال آیا، اس رات کا خیال آیا جب وہ میرے شانے سے سر ٹکائے سو رہی تھی۔ اس کی آواز یاد آئی اور اس فرانسیسی لب و لہجہ کی مٹھاس۔ کون جانے کہ وہ کیا کہنا چاہ رہی تھی۔ زندگی کی گہما گہمی میں پھر اس واقعہ کو بھول سا گیا۔ بعض باتیں، بعض اوقات، بعض لوگ ہر وقت یاد نہیں رہتے۔ مگر جب وہ یاد آتے ہیں تو ان میں بڑی لذت آمیز شدت ہوتی ہے۔ اب اتنے برسوں بعد یہاں پیرس کے اس ہوٹل میں مجھے اچانک جنیوا سے مارسیلز تک کا سفر پوری تفصیل سے یاد آگیا۔

شبانہ، میری بیوی، لیزا کے سوالوں کا جواب دے رہی تھی اور میں کئی سال پہلے گزری ہوئی ایک رات کو یاد کر رہا ہوں جو ٹرین سے باہر دوڑتی ہوئی پیچھے کی طرف جا رہی ہے، ان ریشمی بالوں کی مہک کو یاد کر رہا ہوں جو میرے کاندھے پر بکھرے ہیں۔ ان سرخ ہونٹوں کے لمس کو اپنے رخسار پر محسوس کر رہا ہوں جو مجھ سے وداع ہو رہے ہیں۔

میں اور شبانہ خوب پیرس گھومتے ہیں۔ لیزا روز صبح ہمارا ایک مخصوص مسکراہٹ سے استقبال کرتی ہے۔ ہر شام ہم سے سیاست کی باتیں سنتی ہے۔ ہم روز ہوٹل سے باہر جانے سے پہلے اس سے مشورہ کرتے ہیں کہ کہاں کہاں جانا چاہئے۔ ہم بڑی سی کشتی میں سارے دریا کی سیر کرتے ہیں۔ پھولوں سے لدے ہوئے درختوں کو سین کے پانی پر جھکا ہوا دیکھتے ہیں، آئفل ٹاور کی بلندی سے پیرس کی خوب صورتی کا جائزہ لیتے ہیں جس صبح ہمیں لندن جانا ہے، لیزا مجھے کاؤنٹر پر نظر نہیں آتی۔ ہم نے اپنا سامان باندھ لیا ہے۔ ہم ڈائننگ ہال میں اپنی مخصوص میز پر بیٹھے ناشتہ ختم کر رہے ہیں کہ شبانہ کو خیال آتا ہے کہ وہ اپنا پرس کمرے میں بھول آتی ہے۔ وہ لفٹ کی طرف بڑھ رہی ہے کہ مجھے لیزا قریب سے گزرتی نظر آتی ہے۔ اس نے بہت خوب صورت ہلکے نیلے رنگ کا لباس پہن رکھا ہے۔ بالکل اس کی آنکھوں جیسا شفاف رنگ۔ اس کے بال بڑے اہتمام سے سنورے ہوئے ہیں۔

" لیزا۔" میں نے آہستہ سے آواز دے کر اُسے بلایا۔

" آپ کو میرا نام کیسے معلوم ہو گیا؟ میں نے تو کبھی نہیں بتایا۔" وہ حیران ہو کر پوچھتی ہے۔ اور قریب آ جاتی ہے۔

" اس رات جب گارڈ نے تمھیں جگایا تھا، تب مجھے تمہارے نام کا پتہ چل گیا تھا۔"

" آپ نے اتنے برس تک وہ سفر یاد رکھا! میں تو صرف اپنے آپ کو جذباتی سمجھتی تھی۔"

" اس رات میں بھی بہت جذباتی تھا۔ یورپ میں میری وہ آخری رات تھی اور

تم ہمارے ساتھ بیٹھ کر کافی پیو۔ اب تھوڑی دیر میں ہم لوگ واپس جانے والے ہیں۔"

"مجھے معلوم ہے۔" وہ میرے سامنے بیٹھ جاتی ہے۔ اس رات اگر ہم ایک دوسرے کی زبان سمجھ سکتے تو شاید آپ یورپ میں اور ٹھہر جاتے —— وہ رات آخری رات نہ ہوتی۔ لیزا کی آنکھیں کچھ عجیب انداز سے نرم سی ہو گئی تھیں، وہ کوئی سہانا خواب بیان کر رہی ہو۔

"یہ میں نے بھی اکثر سوچا ہے —— اچھا یہ بتاؤ کہ اس رات اپنے اسٹیشن پر اترنے سے پہلے تم کیا کہہ رہی تھیں؟"

"مجھے آپ بہت اچھے لگے تھے۔ کتنے گھنٹے میں آپ کے کاندھے پر سر رکھے سوتی رہی یا سوتی بنی رہی۔ ہم دونوں تقریباً اکیلے تھے۔ رات تھی مگر آپ نے میری تنہائی سے فائدہ اٹھانے کی کوشش نہ کی۔ بڑے پیار اور شفقت سے اپنا اوورکوٹ مجھے اڑھا دیا۔ آپ چاہتے تو نیند کے بہانے ہی قریب آجاتے —— یہ بات مجھے بہت پیاری لگی تھی۔ میں نے کتنے سارے لوگوں کو یہ واقعہ سنایا۔ ہزاروں مرتبہ اس اندھیری رات کو یاد کیا جب جنیوا کے اسٹیشن پر آپ کیبن میں آکر میرے قریب بیٹھے تھے۔ مجھے بہت افسوس رہا کہ ہم ایک دوسرے کی زبان نہیں سمجھ سکتے تھے۔ صرف اسی لئے میں نے انگریزی سیکھی ہے کہ پھر کبھی آپ سے ملاقات ہوگی تو دل کھول کر باتیں کروں گی۔" لیزا اپنی ایک بکھری ہوئی لٹ کو سنوارنے کے لئے رکی۔ "اس سفر کے وقت بھی کیا آپ شادی شدہ تھے؟"

"نہیں لیزا —— جب تو میں شبانہ کو جانتا بھی نہ تھا۔ ہماری شادی کو تو ابھی ایک سال ہی ہوا ہے۔"

"میں اس رات آپ سے فرانس میں رک جانے کے لئے کہہ رہی تھی۔ میں چاہتی تھی کہ آپ میرے ماں باپ سے ملیں۔ میں پیرس آپ کو اس طرح گھماتی کہ آپ کو اس شہر سے عشق ہو جاتا۔ وہ بے باکی سے میری آنکھوں میں جھانک رہی تھی۔

اگر کسی سے محبت ہو جاتی ہے تو پھر اس کے شہر کے گلی کوچوں سے بھی عشق ہو جاتا ہے، مگر لیزا ہمیں پیرس میں رہتے ہوئے اتنے دن ہو گئے ہیں۔ تم چاہتیں تو اپنے ماں باپ سے ملا سکتی تھیں، پیرس دکھا سکتی تھیں۔" میں شبانہ کو لفٹ سے نکلتے ہوئے دیکھتا ہوں۔ اسے اپنا پرس مل گیا ہے۔

"اب تو بہت دیر ہو چکی ہے" وہ شبانہ کو معنی خیز نگاہوں سے دیکھتے ہوئے کہتی ہے۔ ان نیلگوں آنکھوں میں جیسے رشک کی چمک تھی۔

"چلئے اب دیر ہو رہی ہے" شبانہ ہمارے قریب آ کر کہتی ہے۔ اس کو ہوائی جہاز اور ریل چھوٹنے کا ہمیشہ خدشہ لگا رہتا ہے۔ میں ناشتہ کا بل ادا کرنے کے لئے بیرے کو بلاتا ہوں۔

"رہنے دیجئے۔" لیزا مجھ سے خلوص کے ساتھ کہتی ہے۔ یہ بل میں ادا کروں گی۔ آپ پیرس پھر ضرور آئیے گا۔ وہ بظاہر ہم دونوں سے مخاطب ہے مگر اس کی آنکھیں میرے کاندھے پر رکی ہوتی ہیں جیسے وہاں ایک سوتی ہوئی حسین سی لڑکی کا سر دیکھ رہی ہے جس کے بال تانبے کی طرح دمکتے ہیں۔

"آپ کی دعوت کا شکریہ" شبانہ لیزا کی مہمان نوازی سے متاثر ہے۔

"آپ فرانسیسی لوگ اجنبیوں سے بھی کس قدر اچھی طرح پیش آتے ہیں۔"

"ہم ضرور آئیں گے۔" میں میز سے اٹھتے ہوئے کہتا ہوں، شرط یہ ہے کہ

تم اپنے ماں باپ سے ہمیں ملاؤ، ہمیں اپنے ساتھ پیرس دکھاؤ۔"

لیزا خاموش رہتی ہے۔ سوچ میں ڈوبی ہوئی اس کی آنکھیں اس کے لباس سے کہیں زیادہ گہری لگ رہی ہیں۔

ہمارا سامان ٹیکسی میں رکھا جا چکا ہے۔ میں شبانہ کے لئے ٹیکسی کا دروازہ کھولتا ہوں۔ اتنے میں لیزا ہوٹل کی سیڑھیاں اتر کر ہمارے نزدیک آجاتی ہے۔

"مجھے آپ کی شرطیں منظور ہیں۔ اب کی بار آپ پیرس آئیں گے تو یہ سارا شہر میں آپ کو خود دکھاؤں گی۔ اپنے ماں باپ سے ملاؤں گی۔"

سرخ موتی کلیوں جیسی مسکراہٹ اس کے چہرے پر بکھر پھیلنے لگتی ہے ہم ہاتھ ملا کر رخصت ہو جاتے ہیں۔ شبانہ ٹیکسی روانہ ہوتے ہی پوچھتی ہے کہ ذرا سی بات سوچنے میں اس لڑکی نے اتنی دیر کیوں لگائی ؟

••

تاریک لمحہ

آج آفس کے لئے روانہ ہوتے وقت مجھے ٹائی کے انتخاب میں دیر نہ لگی۔ آج میں پانچ دن کی چھٹیوں کے بعد آفس جا رہا تھا ـــــ پانچ دن سے ایسٹر کے تہوار کی وجہ سے سب کاروبار بند تھا۔ ایسی چھٹیوں میں لندن جیسا شہر بھی سنسان ہو جاتا ہے۔ آج مجھے کرسٹین سے ملنے کا بھی کوئی خاص اشتیاق نہ تھا۔ کرسٹین دفتر میں میرے ساتھ کام کرتی ہے۔ اس کی آنکھیں سبز ہیں اور بال سونے کی طرح دمکتے ہیں۔ وہ جوان اور صحت مند ہے اور اس لئے غضب کی کشش رکھتی ہے۔ مجھے کرسٹین کے حسن کی سادگی بہت پسند ہے مگر اس کی دوستی ایک لڑکے جوزف سے بہت بڑھ رہی ہے جو کسی اخبار کے دفتر میں کام کرتا ہے۔ میں در پردہ ان دونوں کی بڑھتی ہوئی دوستی سے خوش نہیں ہوں اور کرسٹین لندن جیسے بڑے شہر میں اکیلی ہے۔ اس کے ماں باپ ایڈنبرا میں رہتے ہیں۔ لندن میں اسے نصیحت نہیں، ساتھی

چاہئے۔ ساتھ ساتھ گھومنا پھرنا تو بہت آسان بات ہے۔ مگر باقاعدہ ساتھی بھی بننے سے میں گریز کرتا رہا ہوں۔ میری تیس سالہ زندگی میں بے شمار تو نہیں لیکن کئی مواقع ایسے ضرور آئے جب میں ساتھی بننے کا وعدہ کر سکتا تھا۔ مگر میں بس سوچتا ہی رہ گیا، اور لڑکی وقت کی طرح آگے بڑھ گئی۔

جوزف اور کرسٹین ساتھ ساتھ لندن میں گھومتے ہیں۔ اچھی اچھی فلمیں اور ڈرامے دیکھتے ہیں۔ آرٹ گیلری اور میوزیم کا نظارہ کرنے جاتے ہیں۔ میں بھی ان سب جگہوں پر کرسٹین کو لے جا سکتا ہوں۔ لیکن میں ہمیشہ ایسی باتیں سوچتا ہی رہ جاتا ہوں اور کرسٹین سے کچھ کہہ نہیں پاتا۔ پانچ دن ہوئے جب دفتر ایسٹر کی چھٹیوں کے لئے بند ہو رہا تھا تو کرسٹین نے مجھے بتایا کہ وہ جوزف کے ساتھ پھولوں کی نمائش دیکھنے ہالینڈ جا رہی ہے۔ اس دن جوزف کے خلاف رقابت کی چمک میں نے اپنے دل میں محسوس کی تھی۔ مجھے ڈر بھی ہوا تھا کہ یہ رقابت کی دبی دبی آگ ایک دن مجھے ساتھ دینے اور ساتھی بننے کے لئے مجبور کر دے گی۔ میں نے اس دن سوچ لیا تھا کہ کرسٹین کے لئے وہ سب کچھ کر گزروں گا جن کی توقع اس کو اپنے ساتھی سے تھی۔ میں اسے رقص گاہ میں بھی لے جاؤں گا اور شراب خانے میں بھی۔ یہ تصفیہ میں نے پانچ دن پہلے کیا تھا مگر ان پانچ دنوں میں میرے احساسات کس قدر تبدیل ہو گئے ہیں! میرے سوچنے کا انداز ہی یکسر بدل گیا ہے۔ اسی لئے آج صبح دفتر کے لئے تیار ہوتے وقت مجھے ٹائی کا انتخاب کرنے میں دیر نہ لگی۔

تین دن ہوئے اچانک ٹیلی فون پر سلمیٰ نے مجھے بتایا کہ وہ ہندوستان سے نیویارک جاتے ہوئے لندن میں رکی ہے۔ اپنے وطن میں سلمیٰ کے اور ہمارے مکان

کے درمیان ایک دیوار تھی۔ ہم دونوں ساتھ ساتھ پلے بڑھے تھے۔ بچپن میں ہم ساتھ ساتھ امرود کے درخت پر اودھم مچاتے تھے جو ہمارے آنگن میں باورچی خانے کے سامنے سایہ کئے رہتا تھا۔ اتنی مدت بعد اجنبی سرزمین پر سلمیٰ کی آواز سن کر بہت خوشی ہوئی۔ سلمیٰ نے فون پر بتایا کہ پچھلے ماہ اس کی شادی کسی لڑکے سے ہو گئی ہے جو امریکہ میں رہتا ہے وہ کسی مجبوری کے باعث ہندوستان نہیں جا سکا اور شادی ایک ٹیلی گرام کی بنیاد پر ہوئی ہے۔ مجھے گمان بھی نہ تھا کہ ان سات برسوں میں، جب سے میں نے وطن چھوڑا تھا، سلمیٰ کس قدر بدل گئی ہو گی۔ وہ لوگ، جو اپنا ملک چھوڑ کر کئی کئی سال باہر گزار دیتے ہیں۔ ان تبدیلیوں سے عموماً بے خبر رہتے ہیں جو ان کی غیر حاضری میں وطن میں ہوتی رہتی ہیں۔ شادی بیاہ کی خبریں تو مل جاتی ہیں مگر کوئی یہ نہیں بتلاتا کہ باورچی خانے کے سامنے اب امرود کا درخت جھلس کر رہ گیا ہے، کوئی نہیں لکھتا کہ ماں باپ کے شفیق چہروں پر کتنی جھریاں پڑ گئی ہیں، یا یہ کہ بچے جوان ہو کر کیسے نکلے ہیں۔ ہوٹل کے لانج میں جب میں نے سلمیٰ کو اتنے برس بعد دیکھا تو اس کے نمکین حسن سے متاثر ہوئے بغیر نہ رہ سکا۔ اس کے سیاہ لانبے بالوں کا انداز بدلا ہوا تھا۔ اس کی شربتی آنکھوں کی چمک بڑھ گئی تھی۔

میں نے دو دن سلمیٰ کو لندن کی خوب سیر کرائی۔ نکھری ہوئی دھوپ میں ہم پارکوں کی سیر کرتے۔ رات کو بجلی کی روشنی میں جگمگاتے ہوئے بازاروں میں سے کار میں گزرتے۔ سلمیٰ کا جہاز اتوار کی صبح کو نیویارک کے لئے روانہ ہونے والا تھا۔ میرے فلیٹ میں وہ رات گئے تک باتیں کرتی رہتی تھی۔ اس کی باتوں میں شوخی کی بجائے اب متانت آ گئی تھی۔ میں اور سلمیٰ دو دن سے ساتھ ساتھ تھے مگر میں اس سے شادی کی تفصیلات نہ پوچھ سکا تھا۔ ہم دونوں کے والدین کی ہمارے بچپن سے

ہی خواہش تھی کہ ہماری شادی ہو جائے۔ لیکن میں اس فیصلے کو ٹالتا رہا تھا، یہاں تک کہ میرے لندن روانہ ہونے کا وقت آ گیا تھا۔ میں نہیں چاہتا تھا کہ پردیس روانہ ہونے سے پہلے اس قسم کے بندھنوں میں جکڑا جاؤں۔ سلمیٰ سے جان بوجھ کر اس مسئلے پر بات نہیں کی تھی۔ اگر یہ پتہ چل جاتا کہ خود وہ بھی مجھ سے شادی کرنا چاہتی تھی تو شاید انکار کرنے میں دشواری ہوتی۔ سولہ سترہ برس کی لڑکی بڑی حساس ہوتی ہے۔ سلمیٰ جب میرے فلیٹ میں بیٹھی یوں ہی ادھر اُدھر کی باتیں کر رہی تھی، تو غالباً جذباتی باتوں کی شروعات میں نے ہی کی تھی۔

" تمھیں ڈر نہیں لگتا سلمیٰ کہ ایک اَن جانے مرد سے اپنی زندگی وابستہ کر کے تم یوں اکیلی نیویارک جا رہی ہو؟"

اور آپ لوگ جو غیر ملکوں میں بس جاتے ہیں، کیا کبھی یہ بھی سوچتے ہیں کہ ہم جیسی لڑکیوں کا کیا ہوگا؟ آپ لوگ تو وطن سے نکل کر یہی سوچتے ہوں گے کہ وہاں کسی طرح کے مسئلے رہے ہی نہیں ——" سلمیٰ نے میرے سوال کا جواب نہیں دیا تھا

" نہیں، یہ بات تو نہیں۔ میں تو پابندی سے گھر خط لکھتا ہوں۔ پیسے بھی بھیجتا رہتا ہوں۔"

" ان سات برسوں میں آپ نے مجھے کتنی بار خط لکھا۔ آخر ہماری کبھی دوستی تھی۔ آپ کو یہی ڈر ہو گا کہ کہیں مجھ سے شادی کرنی نہ پڑ جائے۔ آپ کے خوابوں میں تو سنہرے بالوں اور نیلی آنکھوں والی لڑکیاں ہوں گی۔" سلمیٰ کے دل پر اس بات کا اثر نہ تھا کہ اپنے ماں باپ سے میرا سلوک خدمت اور اطاعت بھرا رہا ہے۔ وہ اپنے بارے میں میرے احساسات جاننا چاہتی تھی۔

" سلمیٰ، جن دنوں ہماری شادی کی بات چل سکتی تھی، میں ایک نئے ملک کے لئے روانہ ہو رہا تھا۔ مجھے ایک نئے مستقبل کی تلاش تھی۔ کچھ پتہ نہیں تھا کہ کیا ہوگا۔ میری حالت ہوا میں اچھالے ہوئے سکّے کی طرح تھی۔ چت گروں گا یا پٹ، معلوم نہیں تھا۔ ایسے حالات میں تم سے شادی کرنا یا شادی کا وعدہ کرنا مناسب نہیں تھا۔ ہو سکتا تھا کہ جب میں پردیس میں ٹھوکریں کھا رہا ہوتا تم کو اچھا سا شوہر مل جاتا۔"

" آپ نے کبھی یہ بھی سوچا کہ میں کیا چاہتی تھی؟ شوہر تو مل ہی جاتا، دیس میں نہیں پردیس میں، اچھا نہیں تو برا، مگر دلوں اور طبیعتوں کا ملنا بھی ایک بڑی چیز ہے۔ کوئی اس کے بارے میں مجھ سے نہیں پوچھتا۔" سلمیٰ کا لہجہ تیز ہو گیا تھا۔ دور کونے میں رکھے ہوئے لیمپ کی دھیمی روشنی میں بھی اس کے رخساروں پر بڑھتی ہوئی تمازت دکھائی دے رہی تھی۔

" سلمیٰ، کہیں تم یہ تو نہیں کہنا چاہ رہی ہو کہ تمہاری شادی میں تمہاری مرضی کو دخل نہ تھا؟"

" مجھ سے پوچھا گیا تو میں نے ہاں ضرور کہی ——— لڑکے اب، وہاں پیسے مانگتے ہیں، کار مانگتے ہیں، گھر مانگتے ہیں اور میں اپنے بوڑھے ماں باپ پر یہ بوجھ نہیں ڈالنا چاہتی تھی۔"

" تم سے اگر تمہاری پسند پوچھی جاتی تو سچ بتاؤ سلمیٰ کہ تم کیا کہتیں؟" مجھے سوال پوچھنے کے فوراً بعد اپنی غلطی کا احساس ہونے لگا۔

" میں آپ سے شادی کرنے کی ضد کرتی۔" سلمیٰ کچھ دیر تک فرش پر بچھے ہوئے رنگین قالین کے نقش و نگار دیکھتی رہی۔ " آپ اگر کہیں تو میں لندن میں رک جاؤں،

نیویارک جانے کا نام نہ لوں "۔

ہم دونوں دن بھر کی سیر و تفریح کے بعد تھکے ہوئے بھی تھے۔ رات زیادہ ہو رہی تھی۔ نیند کا خمار بھی بڑھ چلا تھا۔ گفتگو بھی بے حد جذباتی سی ہو گئی تھی۔ مجھے ایک لمحے کے لئے سلمیٰ میں بلا کی کشش محسوس ہوئی۔ دل چاہا کہ اُسے اٹھ کر گلے سے لگا لوں۔ اس کے مہندی رچے ہاتھوں کو چوم لوں۔ اسے امریکہ جانے سے روک دوں۔ اسے اپنے سے جدا نہ ہونے دوں۔ میں اپنی کرسی سے اٹھا بھی، مگر ہمیشہ کی طرح سوچتا رہ گیا۔ جو کہنا چاہتا تھا نہ کہہ سکا۔ میں کبھی جذبات کی رو میں نہ بہہ سکا اور اس بات کا مجھے ہمیشہ افسوس ہی رہا۔

چلو سلمیٰ میں تمہارے ہوٹل پہنچا دوں۔ بہت رات ہو گئی ہے اور تمہارا جہاز بہت صبح روانہ ہونا ہے۔

کار میں راستہ بھر وہ خاموش بیٹھی رہی۔ اس نے سب ہی کچھ تو کہہ دیا تھا۔ سنسان سڑکوں پر سے گزرتی ہوئی ہماری کار پر جب کسی چمکتی ہوئی دوکان کی روشنی پڑتی تو مجھے سلمیٰ کے رخسار بھیگے بھیگے سے لگتے۔ صبح کو جب ایرپورٹ پر میں سلمیٰ کو الوداع کہہ رہا تھا تو اس کی آنکھیں سوجی ہوئی سی تھیں۔

میں سلمیٰ کو لندن میں رکنے کا فیصلہ نہ کرسکا لیکن اس نتیجہ پر ضرور پہنچ گیا کہ کرسٹین کو میں کہیں گھمانے نہیں لے جاؤں گا۔ سلمیٰ کے دو دن کے ساتھ نے مجھے کرسٹین اور جوزف کی الجھن سے آزاد کر دیا تھا اور اسی لئے آج صبح دفتر روانہ ہوتے وقت ٹائی کا انتخاب کرنے میں مجھے ذرا بھی دیر نہ لگی۔

••

دیواریں

کل شام جب میں اس پرانے ہسپتال کے سرجیکل وارڈ نمبر دو میں داخل ہوا تو کیتھ مجھے ہنستا ہوا ملا۔ دروازے کے سامنے ہی اس کا بیڈ تھا۔ اپنی بڑی بڑی کالی آنکھیں دروازے پر جمائے وہ میرا منتظر تھا۔ مجھے دیکھتے ہی اس کے گول چہرے پر مسکراہٹ پھوٹ پڑی۔ کیتھ کو یوں خوش دیکھ کر میں بھی مسکرانے لگا۔ کیتھ آیا دیو کو میں کئی برس سے جانتا تھا۔ وہ نائیجیریا کا رہنے والا تھا اور لندن ٹرانسپورٹ میں بس کنڈکٹر کی حیثیت سے کام کرتا تھا۔ تین چار برس سے وہ بڑا دکھی رہتا تھا ایک دن اس نے مجھے بتایا تھا کہ بیافرا کی لڑائی میں اس کے کئی بھائی بہن مارے گئے تھے۔ میری اور کیتھ کی دوستی اس دن کے بعد اور گہری ہو گئی تھی۔

" اتنے خوش کیوں ہو؟ کیا تمھیں کوئی لاٹری مل گئی ہے؟ " میں نے اس کے بیڈ کے قریب کرسی پر بیٹھتے ہوئے پوچھا۔

" ہاں کاظم کچھ ایسا ہی ہوا ہے ۔" کیتھ ہنستے ہوئے نرم تکیوں پر اپنے سر کو اونچا کرتے ہوئے کہنے لگا: "آج جو نئی نرس ڈیوٹی پر آئی ہے اس نے وعدہ کیا ہے کہ جب بالکل ٹھیک ہو جاؤں گا وہ میرے ساتھ باہر گھومنے چلا کرے گی۔" وہ پھر ہنس رہا تھا۔ ایک لڑکی کے ساتھ دوستی کی امید نے اس کو کس قدر خوش کر دیا تھا۔

" کون ہے وہ جس نے تمہارے دل کو یوں جیت لیا ہے؟" میں نے اس سے پوچھا۔

" اوہ کاظم وہ بہت خوب صورت ہے۔ اس کے بال ملائم اور سرخ ہیں۔ اس کی آنکھوں میں کچھ اس طرح کی نرمی ہے جیسے میری ماں کی دعاؤں میں ہوا کرتی تھی۔ اس کا نام برنارڈ ہے۔" میں نے وارڈ میں اِدھر اُدھر تیز چلتی ہوئی نرسوں پر نظر دوڑائی۔

" نرس برنارڈ اس وقت آپریشن تھیٹر سے کسی مریض کو لانے گئی ہے۔ آتی ہی ہو گی ___" ہنستے ہنستے کیتھ اچانک سنجیدہ ہو گیا اور دروازے کی طرف دیکھنے لگا۔ ایک نرس ٹرالی پر لیٹے ایک مریض پر جھکی وارڈ میں داخل ہو رہی تھی۔ نرس برنارڈ کا قد لانبا سا تھا۔ مگر جسم خاصا بھاری تھا۔ سفید کلغی دار ٹوپی کے نیچے اس کے ترشے ہوئے بالوں کی سرخی اس کے رخسار کو چھپائے ہوئے تھی۔

" تمہاری نرس کی آنکھیں ضرور سبز رنگ کی ہوں گی۔" میں نے کیتھ سے کہا۔

" ہاں اس کی آنکھیں سبز ہیں ___ کیا تم اسے جانتے ہو؟

" نہیں کیتھ، میں اسے نہیں جانتا اکثر سرخ بالوں والی لڑکیوں کی آنکھیں

سبز ہوتی ہیں۔ اور مزاج تیکھے"۔ میں سمجھتا تھا کہ انگلستان میں رہنے والے ہر شخص کو ایسی باتیں ضرور معلوم ہوتی ہیں، مگر بعض لوگ بہت ہی بھولے ہوتے ہیں۔

دو ہفتے ہوئے واٹرلو اسٹیشن کے قریب چلتی ہوئی بس سے کودنے کی کوشش میں کیتھ گر پڑا تھا اور اس کی داہنی ٹانگ دو جگہ سے ٹوٹ گئی تھی۔ ہر شام جب میں اس سے ملنے جاتا۔ وہ اپنی بد قسمتی کا رونا روتا "مجھے لنگوروں کی طرح چھلانگ لگانے کی کیا ضرورت تھی؟" ہسپتال کا ماحول، وہاں کی پابندیاں اسے پسند نہ آئیں۔ ابلے ہوئے انگریزی کھانوں سے تو کیتھ کو خاص طور سے چڑ تھی۔

" آج میں تمہاری نرس سے اجازت لے کر تمہارے لئے کل بریانی اور کباب لیتا آؤں گا۔" میں نے کیتھ سے کہا۔ جب میں نرس برنارڈ سے یہ بات پوچھنے کے لئے اس کی میز کے قریب گیا تو وہ کچھ لکھ رہی تھی۔

" نرس!" میں نے اپنی آواز کو حد درجہ مہذب بناتے ہوئے اسے مخاطب کیا۔

" جی کیا کہا آپ نے؟ سرخ بالوں والا جھکا ہوا سر اوپر اٹھا اور پھر دو جانی پہچانی سبز آنکھیں دیکھ رہی تھیں "ارے تم —— کاظم —— تم یہاں ہسپتال میں کیا کر رہے ہو؟"

مجھے اچانک دیکھ کر اس کے چہرے پر خوشی کی لہر سی دوڑ گئی تھی۔

" اچھا تو میرے دوست کی پسندیدہ برنارڈ تم ہو —— جینی؟" میں نے جینی کو پہچان لیا۔

جینفر اور میں کوئی دس برس پہلے لورپول میں بہت قریبی دوست رہ چکے تھے مگر جب وہ دبلی پتلی نازک اندام سی لڑکی ہوا کرتی تھی۔ اس کے سرخ بال خوب

لمبے تھے۔ "تم بدل گئی ہو جینی، اپنی ماں میں کس قدر ملنے لگی ہو تم ——— دس سال میں اتنا فرق!"

" دس سال اور گیارہ ماہ میں ——— تمھیں لورپول چھوڑے اتنا ہی عرصہ ہوا ہے۔" جینی نے مجھے بتلایا۔ "اچھا کہو کیا بات ہے؟ تم نرس برنارڈ سے کیا کہنے آئے تھے؟"

" یہ جو میرا دوست ہے نا ——— کینتھ آبادیو "، میں نے گھوم کر کیتھ کے بیڈ کی طرف اشارہ کیا۔ " یہ انگریزی کھانوں سے پریشان ہے۔ کیا کل میں اس کے لئے ہندوستانی کھانا لا سکتا ہوں؟"

" شوق سے لانا ——— مگر زیادہ مقدار میں۔ میں بھی کھاؤں گی۔"

زندگی میں پہلی بار جینی نے ہندوستانی کھانا میرے ساتھ کھایا تھا۔ اسے خوب مرچ لگی تھی اور اس کی آنکھوں سے آنسو بہہ نکلے تھے۔ چہرہ سرخ ہو گیا تھا میں یہ سب سوچ ہی رہا تھا کہ اسے کسی مریض نے آواز دی۔ میرے اٹھتے ہوئے جینی نے کہا " رات کو آٹھ بجے میری ڈیوٹی ختم ہوتی ہے۔ ہسپتال کے گیٹ پر ملنا باتیں کریں گے۔

مجھے گیٹ پر کھڑے دس پندرہ منٹ ہوئے ہوں گے جب جینی ہسپتال سے باہر آئی۔ نرسوں کا یونیفارم اس نے بدل لیا تھا۔ " کہاں چلو گی جینی؟ " میں نے سوال کیا اور پھر مجھے خیال آیا کہ دس سال پہلے جب ہم لوگ روزانہ شام کو ملتے میں جینی سے یہی سوال کرتا اور وہ اپنے لمبے لمبے بالوں کو ایک انداز سے جھٹکا دیتی ہوئی میرے قریب آ جاتی۔ اپنی باہوں میں لپیٹ کر مجھے زور سے بھینچ لیتی اور

آہستہ سے کہتی ”کہیں بھی لے چلو، جہاں تمہارا جی چاہے۔“ کل رات وہ میرے قریب آکر رکی بھی مگر دور کھڑی رہی، ہمارے جسموں کے درمیان دس سال اور گیارہ مہینے کا فاصلہ تھا۔

”چلو پہلے ہسپتال کے کار پارک سے میں اپنی کار نکال لوں۔ کار میں باتیں کریں گے۔ تیزی سے بھاگتی ہوئی کار سے باہر کی عمارتوں کو دیکھنا اچھا لگتا ہے ——— جیسے ان میں حرکت سی آجاتی ہے۔ کار کی رفتار سے مجھے جیسے یقین ہو جاتا ہے کہ میں زندہ ہوں۔“ میں دل ہی دل میں سوچ رہا تھا کہ جینی کافی بدل چکی ہے ایسی باتیں پہلے سے وہ کہاں کرتی تھی۔

کار لندن کی سڑکوں پر دوڑتی رہی۔ ٹریفک لائٹ پر کبھی ہم رک جاتے۔ میں خاموش بیٹھا سگریٹ پیتا رہا اور دس سال پہلے کے واقعات کو یاد کرتا رہا۔ باہر کی عمارتوں کی طرح ان میں اچانک حرکت پیدا ہو گئی تھی۔

”کاظم ——— تم مجھے بتاؤ۔“ باتوں کی ابتدا جینی نے ہی کی تھی ”کہ میری اور تمہاری شادی کا قصہ کس نے شروع کیا تھا۔ جہاں تک مجھے یاد ہے تم نے جاگتے میں تو کیا کبھی سوتے میں بھی مجھ سے شادی کی درخواست نہیں کی تھی۔“

”کیا میں سوتے میں باتیں کیا کرتا تھا جینی؟“ میں نے مسکرا کر اس سے پوچھا۔

”نہیں ——— تم سوتے میں مسکراتے تھے۔ نہ جانے کتنی بار راتوں کو اٹھ کر میں نے تمہاری مسکراہٹ کا پیار لیا تھا، مگر تمہیں پتہ تک نہیں چلتا تھا میں اپنے ہونٹ تمہارے لبوں سے ہٹا کر تمہارے چہرے کی طرف دیکھتی تو وہی

پیاری سی مسکراہٹ نظر آتی ـــــ مگر تم میرے سوال کا جواب دو۔" ہم لوگ اب شہر سے باہر نکل آئے تھے اور کار اچھی خاصی رفتار سے دوڑ رہی تھی۔

ایک روز تم کالج سے نہیں لوٹی تھیں۔ میں تمہارے ڈرائنگ ہال میں بیٹھا تمہارا انتظار کر رہا تھا۔ تمہاری ماں بھی وہاں بیٹھی کوئی کتاب پڑھ رہی تھیں۔ تمہیں یاد ہوگا وہ مجھے بالکل پسند نہیں کرتی تھیں۔ اچانک وہ مجھ سے کہنے لگیں کہ اگر جینی کو تمہاری طرح کالا بچہ پیدا ہو گیا تو دنیا والے کیا کہیں گے؟" میں نے جواب دیا کہ "مسز اسمتھ کنواری لڑکی کے بچے کا رنگ کالا ہو یا گورا اس سے کیا فرق پڑتا ہے۔ بچے شادی کے بعد ہونے چاہئیں۔" بس انہیں غصہ آگیا۔ کہنے لگیں میں تمہاری اور جینی کی شادی کبھی نہ ہونے دوں گی۔ جینی سے تمہاری دوستی ہے تو اس کا مطلب یہ نہ نکالنا کہ ہم لوگ گرے پڑے ہیں۔" میں خاموش رہا۔"

" ڈیڈی کے مرنے کے بعد ممی کا یہ خیال کہ ہم لوگ اونچے طبقے کے انگریز ہیں بہت زور پکڑ گیا تھا۔ تم پہلے لڑکے تھے جو میرے اتنے اچھے دوست بنے تھے مگر تم ہندوستانی تھے تمہارا رنگ گندمی تھا۔ ممی کو یہ بات بالکل پسند نہ تھی حالانکہ تم اور انگریز لڑکوں کے مقابلے میں زیادہ پڑھے لکھے تھے۔ زیادہ مہذب تھے، مگر تمہارا رنگ کالا تھا۔" جینی نے کار سڑک کے کنارے روک دی۔ ہم لوگ باہر نکل آئے۔ سڑک کے دونوں طرف اونچے اونچے درخت تھے جن کی پتیوں اور شاخوں پر شبنم کے موٹے موٹے ٹھنڈے قطروں کے ساتھ ساتھ تاریکی بھی اچھی طرح جمنے لگی تھی۔ ہم درختوں کے درمیان چلنے لگے۔

" پھر تمہاری شادی کیا تمہاری ماں کی مرضی سے ہوئی؟" جینی نے اب

تک یہ نہیں بتایا کہ وہ جینفر اسمتھ سے جینفر برنارڈ کیسے بنی۔

"اپنی ماں کو خوش کرنے کے لئے میں نے تم سے دوستی اچانک ختم کر دی تھی۔ تم حیران تھے، مگر میں نے تمھیں یہ نہ بتایا تھا کہ اس کا راز تمہارا رنگ تھا۔ ان دنوں میں بڑی نادان تھی۔ ماں کی خوشی کو میں نے خود اپنی خوشی پر ترجیح دی تھی۔ ممی مجھ پر یہ احسان جتاتی تھیں کہ میری خاطر انھوں نے ساری جوانی بیوگی میں گزار دی تھی۔ تمہارے لورپول سے جانے کے بعد میں بہت رویا کرتی تھی۔"

"تمہارا شوہر کیا کوئی بہت بڑی شخصیت ہے؟" میں نے اس سے پوچھا۔ جینی میری بات سن کر کھلکھلا کر ہنس پڑی۔

"تم بے کار چلے جا رہے ہو" وہ میرے بہت قریب آگئی تھی۔ رات کی تاریکی میں اس کے بالوں، اس کی آنکھوں، اس کے رخساروں اور ہونٹوں کا رنگ چھپ گیا تھا۔ صرف جذبات کی مہک رہ گئی تھی۔ جینی اور میں ایک زمانے میں اتنے قریب رہ چکے تھے۔ مگر کل رات اس سڑک کے کنارے، ان دراز درختوں کے سائے میں کھڑی بہت اجنبی لگی۔ میرا دل چاہا کہ اسے گلے سے لگا لوں، اس کی لمبی پلکوں کو اپنے ہونٹوں کے نیچے کانپتا ہوا ایک بار پھر سے محسوس کروں، مگر میں یہ نہ کر سکا۔ وقت کیسی کیسی دوریاں پیدا کر دیتا ہے۔

"چلو جینی واپس چلیں۔ رات زیادہ ہو گئی ہے۔ تمہارا انگریز شوہر تمہارا انتظار کر رہا ہوگا۔" میرے جملے کا طنز جینی سے چھپا نہ رہ سکا۔

"کاظم —— تم جارج سے یا کسی اور مرد سے اپنا مقابلہ نہ کرو۔ تمہاری طرح کا دوست مجھے بہت تلاش کرنے پر بھی نہ ملا —— سوائے آج رات کے اور

اسی لئے میں نہیں چاہتی کہ یہ رات ختم ہو۔"

"کیا تمھیں اپنے گھر نہیں لوٹنا؟ جارج کیا سوچے گا؟"

جینی کافی دیر خاموش رہی۔ پھر ہم لوگ آہستہ آہستہ کار کی طرف چلنے لگے۔ کار شہر کی طرف لوٹنے لگی۔ آبادی کے ساتھ ساتھ روشنیاں بھی بڑھتی جا رہی تھیں۔

"تم جارج کے بارے میں پوچھ رہے تھے۔ وہ اس وقت مونیکا کے ساتھ بیٹھا ٹیلی ویژن دیکھ رہا ہوگا۔" جینی نے کہا۔ اس کی نظریں ونڈ اسکرین پر جمی ہوئی تھیں۔

"مونیکا تمہاری بیٹی کا نام ہے کیا؟ بہت خوب صورت نام ہے۔" میں نے کہا۔

"مونیکا میرے انگریز شوہر کی انگریز معشوقہ کا نام ہے۔ وہ ہماری لینڈ لیڈی ہے۔ جوان، غیر شادی شدہ اور خوب صورت۔ جارج اور مونیکا کی دوستی اب خاصی پرانی ہو گئی ہے۔"

تمھیں کہیں کچھ غلط فہمی تو نہیں ہو گئی۔ مرد اور عورت کی دوستی کو شبہ کی نظر سے دیکھنے میں کچھ دشواری نہیں ہوتی۔"

"پچھلے کئی مہینے سے مونیکا کا پیٹ پھولتا جا رہا ہے، وہ کوئی غلط فہمی نہیں —— اور پھر وہ دونوں اپنی دوستی چھپاتے بھی نہیں —— اسی لئے میں شام کو زیادہ تر گھر سے باہر رہتی ہوں اور نئے نئے دوست بنا کر خود کو خوش رکھنے کی کوشش کرتی ہوں۔"

کار اب ہائی گیٹ میں واقع اس مشہور قبرستان کے سامنے سے گزر رہی تھی، جہاں کارل مارکس دفن ہیں۔

"جینی یہاں کہیں بھی کار روک دو۔ میرا گھر یہاں سے قریب ہے۔"

کار رکنے کے بعد ہم دونوں کافی دیر خاموش بیٹھے رہے۔ "جینی،" میں نے اس

سے کہا " زندہ رہنے کے لئے کچھ اصولوں کی ضرورت ہوتی ہے۔ کبھی یہ اصول غلط ہوتے ہیں، جیسے تمہاری ممی کے اصول کی وجہ سے ہم دونوں قریب نہ رہ سکے۔ لیکن جو بے اصولی تم نے اختیار کی ہے، اس سے خوشی ملنا مشکل ہے۔ ہر روز یا ہر ہفتے بننے والے نئے دوست تمہیں سکون نہیں پہنچا سکتے ــــ زندگی کا ایک روپ پیش کرسکتے ہیں۔ مگر زندگی تیز رفتار کار سے باہر جھانک کر کھڑی ہوئی عمارتوں کو دیکھنے کا نام نہیں ہے۔"

جارج اور مونیکا کی دوستی کا کون سا اصول ہے؟ شادی شدہ لوگ عموماً چھپ کر عشق کیا کرتے ہیں مگر یہ دونوں تو کوشش کرتے ہیں کہ میں ان کی حد سے بڑھی ہوئی دوستی کو دیکھوں اور کچھ نہ کہوں ــــ کاظم، اگر مجھے پہلے سے معلوم ہوتا کہ کیتھ تمہارا دوست ہے تو ہرگز اس کے ساتھ باہر گھومنے کا پروگرام نہ بناتی۔ بلکہ کل اس کو منع کر دوں گی۔"

" نہیں جینی ایسا نہ کرنا ــــ کئی سال بعد آج میں نے پہلی بار اسے ہنستے ہوئے دیکھا ہے۔ جب سے بیافرا میں اس کے خاندان والے ہلاک ہوئے ہیں وہ بہت دکھی ہے تم بعد میں جو چاہے فیصلہ کرنا مگر کیتھ کا دل صرف اس لئے نہ توڑنا کہ وہ میرا دوست ہے اچھا گڈ نائٹ ــــ کل ہسپتال میں نرس برنارڈ سے ملاقات ہوگی۔ ــ کل میں اپنے ساتھ ہندوستانی کھانے بھی لاؤں گا۔"

جینی کی کار آہستہ آہستہ ڈھلان پر اترتی گئی اور میں اپنے گھر کی طرف جاتے ہوئے سوچ رہا تھا کہ شاید ہفتے دو ہفتے میں کیتھ اور جینی اسی کار میں باہر گھومنے جائیں گے، شاید اسی سڑک کے کنارے، ان ہی درختوں کے درمیان انگریز اور حبشی ہونٹ کسی انجانی خوشی کی تلاش میں ایک دوسرے سے ملیں گے خوشی کی مسلسل تلاش کو ہی شاید ہم زندگی کہتے ہیں۔ ●●

مقابلہ

میں لندن کے ایک بڑے ڈپارٹمنٹ اسٹور میں کچھ خرید رہا تھا کہ اتفاق سے میری نظر ایک نہایت ہی خوب صورت لڑکی کی جانب اٹھ گئی ۔ وہ قریب کے کاؤنٹر پر بل ادا کر رہی تھی۔ اکثر حسین چہرے چاہے وہ کسی قوم کے کیوں نہ ہوں جانے پہچانے سے لگتے ہیں۔ اس خوب صورت لڑکی کو دیکھ کر بھی مجھے خیال ہوا کہ میں اس سے پہلے کہیں مل چکا ہوں، لیکن فوراً ہی میں نے سوچا کہ یہ سراسر میرا وہم ہے۔ لندن کی گہما گہمی میں ایک حسین لڑکی زندگی میں دو بار کم ہی نظر آ سکتی ہے ——— بس کے لئے رکی ہوئی، کار میں سفر کرتی ہوئی، راستہ پار کرتی ہوئی ——— اور پھر وہ ہمیشہ کے لئے اُن ستر لاکھ انسانوں کے سمندر میں گم ہو جاتی ہے جو اس بڑے شہر میں رہتے ہیں۔

وہ لڑکی جب قریب سے گزری تو میں نے دیکھا کہ اس کی خوب صورت گول سفید

ٹھوڑی پر دو چھوٹے چھوٹے کالے تل۔ ننھے! انھیں میں کبھی نہیں بھول سکتا تھا۔

" ہلو وینکا۔" میں نے اس کو اپنی طرف متوجہ کرنے کے لئے کہا۔ وہ چونک پڑی۔ " آپ!" اس کے شفاف رنگ میں سرخی کی رَو دوڑ گئی۔ آپ یہاں لندن میں رہتے ہیں! اور میں سمجھ رہی تھی کہ میں اتنے بڑے شہر میں کسی کو بھی نہیں جانتی"!

میں ونیکا کے ساتھ آہستہ آہستہ دکان سے باہر نکلنے لگا۔ مجھے تو لندن میں رہتے ہوئے پورا ایک سال ہو گیا۔ مگر تم یہاں کیسے آئیں؟" میں نے اس سے پوچھا۔

" کل یہاں مس ورلڈ کا مقابلہ ہونے والا ہے۔ میں ناروے کی نمائندگی کر رہی ہوں۔" ونیکا نے بڑی سادگی سے کہا۔ اس کے لہجے میں ذرا سا بھی غرور نہ تھا۔

مجھے یقین ہے تم مقابلہ جیت جاؤ گی۔ تمہارے جیسا قیامت ڈھانے والا حسن ذرا مشکل سے ہی دیکھنے میں آتا ہے۔ بس ججوں کو اپنے یہ ننھے ننھے تل دیکھ لینے دینا۔ اسی لمحہ فیصلہ تمہارے حق میں ہو جائے گا۔" ونیکا ہنسنے لگی۔ میں نے کہا: " ونیکا اس وقت تو مجھے ایک ضروری کام سے بہت دور جانا ہے۔ شام کو ضرور ملو۔ میں تمھیں لندن کی سیر کراؤں گا اور ہم کہیں اچھی سی جگہ کھانا کھائیں گے۔"

کہیں ایسی جگہ لے چلئے گا جہاں موسیقی اور رقص کا انتظام ہو۔" میری دعوت قبول کرنے میں اس کو کوئی تکلف نہ ہوا۔ وہ ماربل آرچ کے پاس ایک بڑے ہوٹل میں بہت سی حسین لڑکیوں کے ساتھ ٹھیری ہوئی تھی جو دنیا کے مختلف ملکوں سے حسن کے اس مقابلے میں شریک ہونے کے لئے لندن آئی تھیں۔

دن بھر بار بار مجھے ناروے میں گزاری ہوئی اس شام کا خیال آیا۔ جب پہلی بار اور آخری بار میں ونیکا سے ملا تھا۔ استوانگر ناروے کے جنوبی ساحل پر ایک چھوٹا سا

شہر ہے۔ کوئی ڈیڑھ برس پہلے ۲۱ر دسمبر کی رات کو میں گھومتا گھامتا ادھر جا پہنچا تھا۔ سمندر کے کنارے ٹہل رہا تھا تو بڑے بڑے رنگین پوسٹر لگے دیکھے۔ ایک مقامی ہوٹل میں اس رات نیو ایر ڈانس تھا۔ میں جب اپنے لئے ٹکٹ لینے وہاں پہنچا تو معلوم ہوا کہ سب بک چکے تھے ــــ کاؤنٹر پر کھڑی ہوئی لڑکی نے کہا "یہ ڈانس استوانگر کی سب سے بڑی تقریب ہے۔ اس میں سب لوگ شریک ہونا چاہتے ہیں کیونکہ مشہور ہے کہ اس ہوٹل میں رات کے ٹھیک بارہ بجے جو دعا مانگی جاتی ہے، وہ ضرور قبول ہو جاتی ہے اور اکیلے تو کوئی بھی نہیں آتا ہے۔ اس کے لئے پارٹنر تو ہونا ہی چاہئے بیوی، دوست، محبوب، معشوق، کوئی بھی ہو۔"

پھر میں ہوٹل کے منیجر سے ملا اور اس سے کہا: "میں اتنے ہزار میل کا سفر طے کر کے ہندوستان سے آپ کے شہر میں آیا ہوں۔ اب آپ کیا یہ چاہتے ہیں کہ آج کی رات میں تنہا اپنے کمرے میں بیٹھا رہوں اور میری دعائیں بے کار جائیں۔"

منیجر کوئی چالیس پینتالیس سال کا خوش شکل آدمی تھا میری بات سن کر مسکرانے لگا: "نہیں ایسا تو میں سوچ بھی نہیں سکتا کہ آپ آج کی رات اکیلے رہیں۔ آپ کے لئے ایک علیحدہ میز کا انتظام ہو جائے گا۔ اور ٹکٹ خریدنے کی آپ کو ضرورت نہیں۔ آپ میرے خاص مہمان ہوں گے۔"

شام کو جب میں اس ہوٹل میں پہنچا تو میری آؤ بھگت ہوئی جیسے میں ہندوستان سے آیا ہوا کوئی معمولی مسافر نہیں۔ بلکہ اپنے ملک کا کوئی سفیر تھا۔ منیجر بے چارہ بہت مصروف تھا، مگر تھوڑی تھوڑی دیر بعد آ کر مل لیتا۔ میں اپنی میز پر بیٹھا حالات کا جائزہ لیتا رہا۔ دھیمی دھیمی روشنیاں، چھوٹے بڑے رنگین غبارے،

مختلف گہرے گہرے رنگوں کے کریپ کے کاغذ کے ربن چھت اور دروازوں پر لہراتے ہوئے، کالے سوٹ اور کالی بو ٹائی میں ملبوس، رقص کی مختلف دھنیں بجاتا ہوا بینڈ۔ خوش پوش جوڑے کھانا کھاتے کھاتے اپنی میزوں سے اٹھتے اور موسیقی کی سنگت میں ایک دوسرے کے ساتھ رقص کرتے۔ میں وہاں اکیلا تھا۔ مگر پھر بھی چینی زبان بولتے ہوئے استوانگر کے خوب صورت مردوں اور عورتوں کے ساتھ تو تھا۔ ہم سب نئے سال کے استقبال کے لئے وہاں جمع تھے۔ بار بار سب کی نگاہیں گھڑی کی سوئیوں کی طرف اٹھ جاتیں۔ آج رات کے بارہ بجے ان سوئیوں کا ملن بہت اہم ہو جاتا ہے۔ میں نے بھی اپنی گھڑی میں وقت دیکھا۔ رات کے گیارہ بج گئے تھے۔ نیا سال شروع ہونے میں صرف ایک گھنٹہ باقی رہ گیا تھا۔ میں نے قریب کی بڑی کھڑکی سے جھانکا۔ باہر اندھیرا تھا۔ مگر زیادہ گہرا نہیں۔ ہوٹل کی چھ منزلہ عمارت کی ہر کھڑکی سے روشنی کی دھار نکل رہی تھی۔ زمین پر جب برف کی موٹی تہیں بچھی ہوتی ہیں تو ایک عجیب سے دھندلکے کی سی کیفیت ہوتی ہے۔ دور سمندر پر ایک دو جہاز تھے اور ان پر جلتی ہوئی روشنیاں، وہاں بھی نئے سال کے استقبال کے جشن کی گواہی دے رہی تھیں۔

جب میں نے کھڑکی سے نگاہیں ہٹائیں تو اپنی میز کے قریب ایک نوجوان کو کھڑے دیکھا۔

"میرا نام اگنار نیلسین ہے۔" اس نے مجھ سے کہا۔ "بہت دیر سے میں اور میری بیوی آپ کو یہاں اکیلے بیٹھے دیکھ رہے ہیں۔ آئیے آپ ہمارے ساتھ بیٹھئے نئے سال کی رات کو اکیلے نہیں رہنا چاہیئے۔"

میں نے اٹھ کر اس سے ہاتھ ملایا اور اس کے ساتھ ان کی میز کی طرف بڑھنے لگا۔ ایگنار بڑی مشکل سے لنگڑا کر لکڑی کے سہارے چل رہا تھا۔ اس کی سیدھی ٹانگ پلاسٹر میں اکڑی ہوئی تھی۔

"کیا برف پر اسکیٹنگ کرتے ہوئے آپ نے ٹانگ توڑلی ہے؟" میں نے پوچھا۔

"جی نہیں —— موٹر سائیکل کے حادثے میں۔ مجھے موٹر سائیکل دوڑانا بہت اچھا لگتا ہے۔"

ہم ان کی میز تک پہنچ گئے تھے۔ ایگنار نے اپنی بیوی "ونیکا" سے مجھے ملایا۔ میری نگاہیں کچھ دیر کے لئے ونیکا کے بے پناہ حسن کا جائزہ لینے کے لئے رکیں۔ ان دونوں کو معلوم تھا کہ وہ بہت حسین تھی۔ اگر میں نہ دیکھتا تو شاید انھیں تعجب ہوتا۔ پھر میں نے اپنا تعارف کرایا۔

"اشوک کپاڈیہ میرا نام ہے۔ میں ہندوستان کا رہنے والا ہوں اور ناروے سیر تفریح کے لئے آیا ہوں۔ ایک دو دن میں کہیں اور چلا جاؤں گا۔"

"جس طرح مجھے موٹر سائیکل دوڑانے کا شوق ہے۔" ایگنار کہہ رہا تھا "ونیکا کو ناچنے کا شوق ہے۔ ہماری شادی شدہ زندگی یا تو موسیقی کی لہروں پر گزری ہے یا ناروے کے پہاڑوں کے بیچ میں بل کھاتی ہوئی سڑکوں پر موٹر سائیکل دوڑاتے —— آج رات یہ بینڈ والز کی اتنی اچھی دھنیں بجا رہا ہے اور میری ٹانگ پلاسٹر میں جکڑی ہوئی ہے۔" وہ سنبھل سنبھل کر اچھی انگریزی بولنے کی کوشش کر رہا تھا۔

"اگر آپ کی اجازت ہو تو میں ونیکا کے ساتھ رقص کروں؟" میں نے ونیکا کی طرف دیکھتے ہوئے اتنے یقین کے ساتھ کہا جیسے وہ انکار نہ کرے گی۔

"ضرور ——— مگر اتنا یاد رکھئے گا کہ ہم دونوں ایک دوسرے کو بہت چاہتے ہیں۔ ہماری خوشی میں خلل نہیں پڑنا چاہیئے۔" ایگنار یہ کہتے ہوئے خاصا سنجیدہ لگ رہا تھا، اگرچہ بات مذاق کے لہجے میں کہی گئی تھی۔

"میں ناروے گھومنے کے لئے آیا ہوں کسی ہیلن کو ٹرائے لے جانے کے لئے نہیں۔" میں نے ان دونوں سے مسکراتے ہوئے کہا۔

شروع میں دنیکا کے ناچنے کے انداز میں تکلف تھا، مگر تھوڑی ہی دیر میں وہ یہ بھول گئی کہ میں اس کے لئے اجنبی تھا۔ موسیقی کی دھن پر ہمارے جسم ہم آہنگی سے رقص کرتے رہے۔ میں اکثر مڑکر ایگنار کو بھی دیکھ لیتا جو اپنی میز پر بیٹھا آہستہ آہستہ سرخ شراب پی رہا تھا۔ کبھی کبھی میں اسے اپنی طرف دیکھتے ہوئے پاتا۔ تھوڑی تھوڑی دیر بعد میں اور دنیکا واپس میز پر لوٹ جاتے اور ایگنار سے باتیں کرتے۔

"استوانگر میں بہت ہی کم ہندوستانی آتے ہوں گے۔ کسی دوسرے ملک کے آدمی کے ساتھ شاید میں نے اس سے پہلے کبھی رقص نہیں کیا۔" دنیکا نے کہا۔

"آپ بہت اچھا ناچتی ہیں۔" میں نے کہا۔

"آپ نے یہ شادی کی انگوٹھی سیدھے ہاتھ کی انگلی میں کیوں پہن رکھی ہے۔ میں نے تو سنا تھا کہ یہ الٹے ہاتھ کی انگلی میں پہنی جاتی ہے۔"

وہ مسکرانے لگی: "ناروے میں اکثر عورتیں شادی کے بعد انگوٹھی سیدھے ہاتھ کی انگلی میں ہی پہنتی ہیں۔"

"آپ جانتے ہیں یہ انگوٹھی سونے کی کیوں ہوتی ہے؟" ایگنار نے مجھ سے

پوچھا اور پھر خود ہی بتانے لگا "اس کا مطلب یہ ہوتا ہے کہ میاں بیوی کی محبت سونے کی طرح کھوٹ سے پاک ہوتی ہے اور انگوٹھی کے دائرے کی طرح نہ ختم ہونے والی" یہ کہتے ہوئے ایگنار نے دنیکا کا انگوٹھی والا ہاتھ اپنے ہاتھ میں لے لیا۔

"بہت حسین جذبات ہیں" میں نے ان دونوں سے کہا محبت کی اس تعریف سے میں واقعی بہت متاثر ہوا تھا۔

میں اور دنیکا رقص کر رہے تھے۔ گھڑی کی سوئیاں ایک دوسرے سے قریب ہوتی جا رہی تھیں۔ میں نے اس سے کہا "چلو ایگنار کے پاس لوٹ چلیں۔ بارہ بجے تم دونوں کو ایک دوسرے کے ساتھ رہنا چاہئے۔ تم دونوں دعا مانگنا۔ یہ دعاؤں کے قبول ہونے کی رات ہے"

جیسے ہی ہم اپنی کرسیوں پر بیٹھے موسیقی رک گئی، سارے ہوٹل کی بتیاں گل کر دی گئیں۔ ایک لمحے کے لئے مکمل سکوت چھا گیا۔ سب لوگ دل ہی دل میں شاید دعائیں مانگ رہے تھے۔ پھر اچانک بہت زور شور سے ساز بج اٹھے۔ روشنیاں جاگ اٹھیں۔ شیمپین کی بوتلوں کے کارک اڑے۔ گلاسوں سے گلاس مل کر کھنکے۔ "نیا سال مبارک" کے فلک شگاف نعرے لگنے لگے۔ مرد اور عورتیں ایک دوسرے کو پیار کر رہے تھے۔ میں نے دیکھا ایگنار اور دنیکا کے ہونٹ بھی مل چکے تھے۔ چاروں طرف ادھم مچا ہوا تھا۔

نیا سال شروع ہو چکا تھا۔

میں نے ایگنار سے گرمجوشی سے ہاتھ ملایا: "نیا سال مبارک ہو۔ اگر تم

مجھے اپنی میز پر آنے کی دعوت نہ دیتے اور رونیکا کے ساتھ رقص نہ کرنے دیتے تو اس وقت یہ مزہ نہ آیا ہوتا۔"

میں جب ونیکا کا شکریہ ادا کر رہا تھا اور اسے نئے سال کی مبارک باد دے رہا تھا ایگنار نے کہا: "ونیکا، ہمارے ملک کی تہذیب میں جس طرح مبارک باد دی جاتی ہے تم اشوک کو اسی طرح مبارک باد دو۔ اب یہ ہمارے لئے اجنبی نہیں رہے۔"

ونیکا پہلے کچھ جھجکی اور پھر اس نے آگے بڑھ کر اپنا رخسار میرے رخسار سے ملا دیا اور آہستہ سے بولی: "نیا سال مبارک"۔ اس کا رخسار نرم تھا اور گرم ——— کچھ ایسی گرمی جو مسلسل ناچنے سے آجاتی ہے۔ کچھ ایسی تمتماہٹ جو نوجوان خون کے دوڑنے سے چہرے پر پھیل جاتی ہے۔

"آپ نے بھی اپنے لئے کوئی دعا مانگی؟" ونیکا نے مجھ سے پوچھا۔

"جی ہاں ——— مگر بتاؤں گا نہیں۔"

اس رات دو ڈھائی بجے جب میں تھکے ہوئے مینیجر کا شکریہ ادا کر کے ہوٹل سے نکلا تو ونیکا اور ایگنار نے مجھے اپنی کار میں میرے ہوٹل تک پہنچا دیا، جو شہر کے دوسری طرف واقع تھا۔ ہم اچھے دوست بن چکے تھے۔ کئی مہینے گزر جاتے کے بعد بھی مجھے ونیکا کے رخسار کا لمس یاد آجاتا اور اس کے ساتھ اس رات مانگی ہوئی دعا بھی۔ اب یوں اس طرح اچانک لندن میں ونیکا سے مل کر مجھے واقعی بہت خوشی ہوئی اور مجھے اپنے رخسار پر ایک مہکتے ہوئے لمس کی یاد نے آگھیرا۔

بعض یادیں بڑی ڈیسیٹ ہوتی ہیں۔

شام کو میں ونیکا کو لے کر لندن کے ایک عمدہ ریستوراں میں گیا، جہاں دھیمی دھیمی موسیقی سرگوشیاں کر رہی تھی۔ ونیکا نے گہرے سبز رنگ کا لمبا سا لباس پہن رکھا تھا، اس کے نرم سنہری بال اس کے کشادہ شانوں پر بکھرے ہوئے تھے۔

"تم اس حسن کے مقابلے میں کہاں سے شریک ہو گئیں؟" میں نے اپنے درمیان سے اس شمع کو ہٹاتے ہوئے کہا جو ہماری میز پر جل رہی تھی۔

"ایک دن ہمارے دفتر والوں نے سب لڑکیوں کا مقابلہ کیا اور مجھے سب سے حسین ٹھیرایا۔ پھر میں مس استوانگر بنی اور اسی طرح ہوتے ہوئے مس ناروے"

"ایگنار نے اس سلسلے میں کیا کہا؟" میں نے پوچھا۔

"ایگنار اور میں اب ساتھ نہیں رہتے۔" ونیکا کی آنکھیں اداس ہو گئیں ان کی نیلاہٹ بڑھ گئی تھی، جیسے کسی بڑی جھیل پر بادل آ جانے سے پانی اور زیادہ گہرا نظر آنے لگتا ہے۔ "ایگنار کی ٹانگ بالکل ٹھیک نہ ہو سکی۔ وہ اب بھی لنگڑا کر چلتا ہے۔ اب وہ ناچ بھی نہیں سکتا۔ موٹر سائیکل بھی نہیں چلا سکتا۔ وہ بہت بدمزاج، چڑچڑا اور شکی ہو گیا ہے۔ میں حسن کے مقابلے میں جیت کر گھر آتی تو وہ برے برے طعنے دیا کرتا۔ مگر سچ کہتی ہوں اشوک، میں نے ایگنار سے کبھی بے وفائی نہیں کی تھی۔"

لیکن ونیکا چرچ میں تو شادی کرتے وقت میاں بیوی یہ قسم کھاتے ہیں کہ جب تک انھیں موت علیحدہ نہیں کرے گی وہ کبھی ایک دوسرے سے جدا نہیں ہوں گے۔" غمگین اور بے بس نظر آتی ہوئی ونیکا سے میں نے کہا۔

" شادی کے دن گرجا میں میں نے سوچا بھی نہیں تھا کہ جدائی کے لئے موت کی گھڑی آنے کی ضرورت نہیں ہوتی ؟" ونیکا کی آواز میں اب بھی اداسی تھی "بے بنیاد شک اور بدمزاجی بھی شوہر اور بیوی کو جدا کر سکتے ہیں ـــــ اچھا آپ یہ بتایئے کہ اس رات آپ نے کیا دعا مانگی تھی ؟" اس نے یکایک گفتگو کا رخ بدل دیا۔

" میں نے سوچا تھا کہ ایک ایسی دعا مانگوں گا جو کبھی پوری نہ ہو سکے میں نے یہ دعا مانگی تھی کہ مجھے تمہاری جیسی ایک خوب صورت لڑکی مل جائے جس کی گول خوب صورت ٹھوڑی پر دو تل ہوں۔ میں نے سوچا تھا کہ اگر ایسی لڑکی مل جائے گی تو میں اس سے شادی کر لوں گا۔"

اپنی تعریف سن کر وہ مسکرانے لگی اور اداسی اس کے چہرے پر کہر کی طرح چھٹنے لگی۔ جھیل پر سے بادل ہٹ گئے تھے اور دھوپ نکل آئی تھی۔

" میں آپ کے خیال میں اتنی حسین ہوں کہ آپ مجھ سے شادی کر سکتے ہیں؟" ونیکا نے اپنی بڑی بڑی آنکھیں میری طرف اٹھائیں۔

ہاں مگر اس نئے سال کی رات تو تم مجھے بہت ہی زیادہ خوب صورت نظر آرہی تھیں۔ اس کی ایک خاص وجہ ہے۔ میرے خیال میں خوبصورتی صرف اچھے ناک نقشے، متناسب جسم اور موزوں قدوقامت کا نام نہیں۔ اسی لئے مجھے وہ مائیں خوب صورت نظر آتی ہیں جو اپنے بچوں سے پیار کرتی ہیں۔ وہ بچے خوب صورت نظر آتے ہیں جو اپنے ماں باپ کو چاہتے ہیں، وہ شادی شدہ لوگ خوب صورت لگتے ہیں، جن کی محبت سونے کی طرح بے لوث اور انگوٹھی کے دائرے کی طرح....."

" میں سمجھ گئی کہ آپ کیا کہنا چاہ رہے ہیں۔" ونیکا نے میری بات کاٹی "ایگنار

کو جو لوگ جانتے ہیں مجھے ہی قصوروار ٹھہراتے ہیں۔ کوئی یہ نہیں سوچتا کہ ایک اپاہج کے ساتھ زندگی گزارنا حسن نہیں، ایک مسلسل درد ہے۔ ایک نہ ختم ہونے والا عذاب ہے۔"

وہ آہستہ آہستہ رونے لگی۔ حسین عورتیں روتی ہوئی اور بھی خوب صورت لگنے لگتی ہیں۔ اس وقت یہ احساس ہوتا ہے کہ وہ سنگِ مرمر سے تراشا ہوا مجسمہ نہیں انسان ہے۔ وہ کہہ رہی تھی، "کوئی یہ کیوں نہیں سوچتا کہ مجھ جیسے لوگوں کو کس قدر تسکین، سہارے اور بہلاوے کی ضرورت ہوتی ہے۔"

"تم مس استوانگر تھیں، مس ناروے بنیں اور شاید کل مس ورلڈ بن جاؤ۔ مگر بہلاوے صرف بہلاوے ہی رہیں گے۔" میں نے کہا۔ پھر باقی شام ہم نے زیادہ تر خاموش رہ کر ہی گزاری۔

رات کو جب میں ونیکا کو اس کے ہوٹل تک چھوڑنے گیا تو وہ بہت افسردہ تھی، جب میں چلنے لگا تو اس نے رخسار سے رخسار ملا کر مجھے "شب بخیر" کہا اور پوچھا مقابلے کے بعد ملیں گے نا آپ؟"

میں نے اثبات میں سر ہلا دیا۔

دوسرے دن ٹیلی ویژن پر میں مس ورلڈ کے مقابلے کی تقریب دیکھ رہا تھا۔ دنیا کے تقریباً سب ہی ملکوں کی حسین ترین لڑکیاں تیراکی کا لباس پہنے اسٹیج پر جمع تھیں۔ میں حسن کے اس ہجوم میں ونیکا کو تلاش کر رہا تھا کہ اناؤنسر نے اعلان کیا کہ مس ناروے نے مقابلے میں حصہ لینے سے انکار کر دیا ہے۔"

میں نے فوراً ونیکا کو اس کے ہوٹل میں فون کیا۔ "تم نے یہ کیوں کیا ونیکا، اب مجھے ہمیشہ رنج رہے گا کہ کل رات تم سے میں نے ایسی باتیں کیوں کیں۔"

میرا جہاز دو گھنٹے بعد روانہ ہوگا، کیا آپ مجھے ایرپورٹ لے جا سکتے ہیں"۔ ونیکا نے پوچھا۔

ہوٹل سے ایرپورٹ تک میں برابر اس سے باتیں کرتا رہا۔ مگر وہ خاموش ہی رہی۔ ایرپورٹ پر جب، اس کی فلائٹ کا آخری بار اعلان ہوا تو میں نے کہا "ہر سال جب مس ورلڈ کا چناؤ ہوتا ہے تو آخر تک پتہ نہیں چلتا کہ کون سی لڑکی اس اعزاز کے لئے چنی جائے گی۔ اس برس میں جانتا ہوں کہ دنیا کی سب سے حسین لڑکی کون ہے؟ مگر وہ مجھ سے روٹھ کر نا روے جا رہی ہے اور یہ سب کچھ میری وجہ سے ہوا ہے"۔

وہ خاموشی سے اس گیٹ کی طرف بڑھنے لگی، جہاں سے نکل کر مسافر جہاز پر سوار ہو رہے تھے۔

" اچھا، ایک وعدہ کرو ونیکا" میں نے کہا۔

میں وعدہ کرتی ہوں" اس نے بہت قریب آکر مجھ سے سرگوشی میں کہا۔ مگر میں نے تو تمھیں ابھی بتایا بھی نہیں کہ تمھیں کیا وعدہ کرنا۔

" میں جانتی ہوں ـــــ یہی کہ ایگنارکی اور میری دوستی میں اگر حسن پیدا نہ ہو سکے تو میں یہاں لندن واپس آجاؤں ـــــ آپ کے پاس۔ اور میں وعدہ کرتی ہوں کہ میں آجاؤں گی مگر ایک بار اور کوشش کر لوں"۔

اس نے اسی طرح نارویجین انداز میں رخسار سے رخسار ملا کر مجھے الوداع کہا اور تیزی سے مڑ کر چلی گئی۔

ایرپورٹ سے اپنی کار میں شہر واپس آتے وقت میں سوچ رہا تھا کہ اسٹوانگر کے اس بڑے ہوٹل میں نئے سال کی رات کو مانگی ہوئی دعائیں کیا واقعی مقبول ہو جاتی ہیں؟ اس بات کا ٹھیک پتہ تو صرف آنے والے دن ہی دے سکیں گے۔ ●●

نیند

فرینک فرٹ ایرپورٹ کے رواں زینے پر کھڑے کھڑے میں آہستہ آہستہ گیٹ نمبر چالیس کی جانب بڑھ رہا تھا جہاں سیکورٹی چیک کے بعد مجھے جہاز پر بیٹھنا تھا۔ بورڈنگ کارڈ میں نے ہاتھ میں پکڑ رکھا تھا۔ تین سال جرمنی میں رہنے کے بعد میں چند ہفتے کے لئے پہلی بار ہندوستان جا رہا تھا۔ زینے پر دو سیڑھیاں آگے اِنگرِڈ کھڑی تھی۔ وہ بھی میرے ساتھ ہندوستان چل رہی تھی۔

اِنگرِڈ کی آواز نرم تھی، اس کے بال نرم تھے۔ اس کی آنکھیں نرم تھیں۔ اس کے مزاج میں دھیماپن تھا، مگر اس پر ایک نظر ڈالتے ہی ایسا محسوس تھا کہ وہ چند لمحوں میں شعلہ بن جائے گی اور سارا ماحول اس کی گرمی سے جل اٹھے گا۔

دو برس پہلے برف سے ڈھکی ایک شام کو میں نے اِنگرِڈ سے دوستی شروع کی تھی، کہ کپکپا دینے والی سردی میں کچھ تو کمی آئے۔ مشکل یہ ہے کہ برفیلی ہوائیں سال بھر

میں صرف ایک موسم میں چلتی ہیں۔ مگر مزاج کا دھیما پن دل کی گہرائیوں میں ہمیشہ کے لئے اتر جاتا ہے۔ یوں میں اور انگرڈ فرینک فرٹ میں ایک ہی فلیٹ میں رہنے لگے۔ انگرڈ کے باپ اسی شہر میں ڈاکٹر ہیں اور ماں کسی کالج میں پڑھاتی ہیں جب یہ دونوں انگرڈ سے ملنے ہمارے فلیٹ میں آتے تو مجھے بڑی شرمندگی ہوتی اور اس شرمندگی کو مٹانے کے لئے کوئی سال بھر پہلے میں نے رجسٹری آفس میں جاکر انگرڈ سے شادی کرلی تھی ۔۔ ۔ سیکورٹی چیک پر جب ایک فوجی میری تلاشی لے رہا تھا تو میں سوچ رہا تھا کہ برابر والے کمرے میں کوئی عورت شاید اس بات کی تصدیق کر رہی ہوگی کہ انگرڈ کے ہینڈ بیگ یا اس کے لباس میں کوئی پستول وغیرہ تو نہیں چھپا ہوا ہے۔

میں اور انگرڈ تقریباً ایک ساتھ ہی ہوائی جہاز میں داخل ہوئے۔

" تم بہت خوب صورت ہو انگرڈ ۔۔۔" میں نے اس کے کان میں آہستہ سے کہا۔

" اس وقت یہ بات اچانک کیسے یاد آگئی " وہ مسکرا رہی تھی۔

وطن چاہے کتنا ہی قریب کیوں نہ ہو، سفر کی رفتار چاہے کتنی ہی تیز کیوں نہ ہو، راستہ ہمیشہ لمبا لگتا ہے۔ ہمیں دلی پہنچ کر بنگلور کا جہاز پکڑنا تھا۔ میں راستے بھر انگرڈ کو ہندوستان کے بارے میں بتاتا رہا۔ بہت سی باتیں پچھلے دو برس میں پہلے بھی کہہ چکا تھا، بہت سی باتیں جو تین برس میں بھول سا گیا تھا اب پھر یاد آرہی تھیں۔ دوست، محلہ دار، سڑکیں اور گلیاں ان سب کی یادوں کا جمگھٹ آہستہ آہستہ بڑھتا جا رہا تھا۔

" ہم لوگ شام کو گھر پہنچیں گے۔ بھائی بہنیں تمھیں دیکھ کر بہت خوش ہوں

گے۔ ماں تمھیں گلے سے لگالیں گی۔ انھیں میری شادی کی ہمیشہ سے آرزو رہی ہے میری نانی کی آنکھیں کم زور ہیں وہ تمھیں دوسرے دن دھوپ میں کھڑا کر کے دیکھیں گی،،
اِنگرڈ میری باتیں سن کر مسکرا رہی تھی۔ جیسے اسے میری بعض باتوں پر یقین نہ ہوا اور میں سوچنے لگا کہ نانی بی بی جب صبح کو ناشتے کے بعد انگرڈ کو دالان کے سامنے والے چبوترے پر اس طرح کھڑا کر دیں گی کہ دھوپ انگرڈ کے چہرے پر پڑے تو صبح کی اُجلی دھوپ میں انگرڈ کے سنہری بال، اس کی بڑی بڑی نیلی آنکھیں، اس کا سفید شفاف رنگ اور خوب صورت سُرخ ہونٹ نانی بی بی کو سچ مچ بڑے اچھے لگیں گے۔
میں کافی کے چھوٹے چھوٹے گھونٹ پیتا جاتا اور انگرڈ سے باتیں کرتا جاتا۔ جہاز میں ایر ہوسٹس ہمیں جب بھی کافی پیش کرتی اِنگرڈ اس سے کہتی "میرے شوہر ہمیشہ دو پیالی کافی پیتے ہیں، ایک اور لے آنا، پلیز!،،
اِنگرڈ میرے برابر کھڑکی کے قریب بیٹھی تھی اور مجھے اس کے ساتھ آسمان کی نیلی وسعتوں میں اُڑنا بڑا خوش گوار معلوم ہو رہا تھا۔ کہیں کہیں سورج کی روشنی میں دمکتے ہوئے، پارے کی طرح چمکتے ہوئے بادلوں کے چھوٹے چھوٹے ٹکڑے نظر آجاتے۔ کئی گھنٹے کے سفر کے بعد جب آسمان کی نیلاہٹ پہلے سرخی میں اور پھر تاریکی میں بدل گئی تو جہاز کے اندر بھی رات کے آثار چھاگئے۔ مسافر موٹے موٹے رنگین کھمبوں میں دبکے ہوئے، نرم تکیوں سے سر لگائے سونے کی تیاری کرنے لگے۔
اِنگرڈ نے بھی آنکھیں بند کرلیں اور اپنا سر میرے شانے سے ٹکا دیا —— اس کے بالوں سے بڑی اچھی مہک آرہی تھی۔ میری آنکھوں میں نیند کا دور دور پتہ نہیں

تھا۔ میں دل ہی دل میں سوچ رہا تھا کہ اگر بنگلور میں مجھے روشنی مل گئی تو کیا ہوگا۔

روشنی بنگلور میں میرے ساتھ کالج میں پڑھتی تھی۔ اس کی آنکھیں جب بڑی بڑی، شریر سی تھیں، اس کے بال بہت لمبے، بہت کالے، بہت چمک دار تھے جب ہماری دوستی بڑھی تو مجھے پتہ چلا کہ ان میں ہمیشہ پھولوں کی مہک بسی رہتی تھی زمین سے ہزاروں فٹ کی بلندی پر، تیز رفتاری سے اڑتے ہوئے جہاز میں بیٹھے ہوئے اچانک مجھے روشنی کے بالوں کی مہک نے آ گھیر لیا۔

"تم اپنے بال نہ کٹواؤ روشنی" میں نے اس سے التجا کی تھی۔

"تمھیں اس سے کیا؟ تم چند دن میں جرمنی چلے جاؤ گے" ان دنوں روشنی کے اور میرے درمیان ہر بات بحث میں ختم ہوتی اور وہ ہر وقت مجھے جرمنی جانے کا طعنہ دیا کرتی۔

"مگر مجھے لمبے بال پسند ہیں" میں نے ہیئر ڈریسر کی دکان کے سامنے ایک بار پھر روشنی سے کہا تھا۔

"اگر ہم دونوں کو ایک، دوسرے کی پسند کا اتنا خیال ہوتا تو شاید تم اکیلے جرمنی نہ جاتے۔"

میں خاموش ہو گیا تھا۔

اس شام جب روشنی ملی تو بالکل بدلی ہوئی لگی۔ میں نے اس کی ممی سے شکایت کی۔ "دیکھئے آنٹی، روشنی نے اپنی کیا گت بنائی ہے!"

"میں کیا کہوں بیٹے ——— اب جو اس کی مرضی۔" آنٹی کے لہجے سے پتہ چل رہا تھا کہ انھیں بھی روشنی کا بال کٹوانا اچھا نہیں لگا۔ مگر وہ بہت وضع دار

خاتون تھیں۔ میرے سامنے اپنی ناراضگی کا اظہار شاید وہ نہیں کرنا چاہتی تھیں۔

روشنی اپنی بیوہ ماں کے ساتھ ایک فلیٹ میں رہتی تھی۔ میں شام کو اکثر ان کے گھر چلا جاتا۔ ہفتے میں ایک دو مرتبہ میں اور روشنی کوئی فلم دیکھنے جاتے، رات کو فلیٹ کی سیڑھیاں چڑھتے وقت موقع پا کر پیار بھی کر لیتے۔ اگر میں روشنی کو قریب کھینچ کر لپٹا لیتا تو وہ سرگوشی میں کہتی "ممی دیکھ لیں گی۔" آنٹی ہمیشہ ہمارا انتظار کرتے ہوئے ملتیں۔ اگر شام کو میں ان کے ڈرائنگ روم میں بیٹھا روشنی سے باتیں کرتا تو وہ بھی ساتھ بیٹھی رہتیں۔"

"تمہاری ممی کو آخر کبھی نیند کیوں نہیں آتی؟" میں اکثر روشنی کو چھیڑتا۔

ایک دفعہ آنٹی کی طبیعت خراب ہوئی تو ڈاکٹر نے نسخہ دیا۔ میں نے بھی ڈاکٹر سے بدخوابی کا بہانہ کر کے نیند کی گولیوں کا نسخہ لکھوا لیا۔ ریلوے اسٹیشن کے قریب ایک دکان پر جب میں اور روشنی آنٹی کے لئے دوا لینے گئے تو نیند کی گولیوں کی ایک شیشی بھی خرید لائے۔ روشنی اور دوسری دواؤں کے ساتھ آنٹی کو نیند کی گولی بھی کھانے کے لئے دے دیتی۔ آنٹی اپنے کمرے میں سو جاتیں۔ مگر روشنی اور میں دیر تک جاگتے رہتے۔ میں رات کو بہت دیر سے گھر واپس لوٹتا۔ میرے گھر والے بہت خوش تھے کہ اپنے ایک دوست کے ساتھ میں امتحان کی تیاری کس قدر محنت سے کر رہا تھا۔ اس زمانے میں مجھے معلوم ہوا تھا کہ لڑکیوں کے بال جتنے لمبے نظر آتے ہیں۔ اس سے کہیں زیادہ طویل ہوتے ہیں اور یہ کہ بالوں کے لمس میں ایک خاص لذت ہوتی ہے۔

ایر ہوسٹس نے جب مجھے جگایا تو میں نے جہاز کی بیضوی کھڑکی میں سے آتی ہوئی روشنی کو دیکھ کر سوچا کہ شاید صبح ہو چکی ہے۔ آہستہ سے میں نے سوتی ہوئی انگرِڈ

کو جگایا اور کہا کہ ہمارا جہاز دلی پہنچنے کو ہے۔

ہوائی جہاز کی سیڑھیوں سے اتر کر جب میں نے پہلا قدم زمین پر رکھا تو دل میں خوشی کی لہر سی دوڑ گئی۔ یہ زمین میری اپنی تھی، یہ ملک میرا اپنا تھا۔ یہ ہوائیں جو میرے بالوں کو چھو رہی تھیں، میرے وطن کی ہوائیں تھیں کسٹم سے نکل کر میں اور انگرڈ بنگلور کے جہاز میں سوار ہونے کے لئے لپکے، کیونکہ وقت بہت کم رہ گیا تھا۔ انڈین ایرلائنس کے جہاز کی سیڑھیاں تیزی سے چڑھتے چڑھتے میں اچانک رُک گیا۔ انگرڈ بھی پلٹ کر مجھے دیکھنے لگی۔

ہوائی جہاز کے کھلے دروازے میں دونوں ہاتھ جوڑ کر مسافروں کا استقبال کرتے ہوئے روشنی کھڑی تھی۔ مجھے نہیں معلوم تھا کہ وہ ایر ہوسٹس بن چکی ہے۔ میرے دل کی دھڑکنیں تیز ہو گئیں —— میرے پیچھے سیڑھیاں چڑھتے ہوئے مسافر میری وجہ سے رکے کھڑے تھے، اس لئے مجھے بڑھنا پڑا۔

"گڈ مارننگ۔" روشنی نے مسکرا کر انگرڈ سے کہا۔

"گوٹن مارگن۔" انگرڈ نے گھبرا کر جرمن میں کہا۔

"نمستے جی۔" روشنی نے مسکرا کر مجھ سے کہا۔ اس کی نظریں چند لمحوں کے لئے میرے چہرے پر رکیں اور پھر میرے پیچھے والے مسافر کو دیکھتے ہوئے کہنے لگی "نمستے جی" ایر ہوسٹس کی مسکراہٹ بہت ہی نپی تلی ہوتی ہے —— ہر مسافر کو ایک ہی انداز سے خوش آمدید کہتی ہوئی۔

اڑان کے دوران میں روشنی کو اِدھر اُدھر جاتے دیکھتا رہا۔ وہ اور زیادہ خوب صورت لگ رہی تھی سلک کی خوشنما پھول دار ساڑی اس نے بڑے

سلیقے سے باندھ رکھی تھی۔ چھوٹے بال اس کے چہرے پر بہت سج رہے تھے، یا شاید تین سال یورپ میں رہ کر لڑکیوں کو چھوٹے چھوٹے بالوں میں دیکھنے کا عادی ہوگیا تھا۔ ہوائی جہاز کے حیدر آباد پہنچنے سے پہلے ہمیں ناشتہ پیش گیا۔ ابھی انگرڈ روشی سے میرے لئے کافی کی دوسری پیالی لانے کے لئے کہہ بھی نہ پائی تھی کہ روشی نے خود ہی گرم کافی کی ایک اور پیالی لاکر میرے سامنے رکھ دی۔

" شکریہ " میں نے روشی سے کہا۔ وہ صرف دھیرے سے مسکرا دی۔

" یہ ایر ہوسٹس تمھیں جانتی ہے کیا۔ ؟" انگرڈ نے آہستہ سے مجھ سے پوچھا۔

" تمھیں یہ خیال کیسے آیا ؟" میں نے انگرڈ سے اُلٹا سوال کیا۔

دوسرے دن جب نانی بی بی انگرڈ کو دالان کے سامنے والے چبوترے پر دھوپ میں کھڑا کر کے اس کی خوب صورتی جانچ رہی تھیں تو میں چپکے سے گھر سے باہر نکل گیا۔ روشی کے فلیٹ کی جانی پہچانی سیڑھیاں چڑھتے وقت میرے قدم بوجھل ہو رہے تھے۔ ان ہی سیڑھیوں پر میں نے محبت کی ابتدائی منزلیں طے کی تھیں۔ وہاں ایک ایسی گونج تھی جو نوجوان ہونٹوں کے چوری چھپے ملنے سے پیدا ہوتی ہے۔

آنٹی نے مجھے دیکھتے ہی پہچان لیا —— انھوں نے بڑی شفقت سے پوچھا "کب آئے بیٹے ؟" ان کا ڈرائنگ روم اب بھی پہلے ہی جیسا تھا۔ یہاں پر بھی وہی گونج تھی جو میں نے سیڑھیوں پر سنی تھی۔ روشی کی ایک بہت بڑی تصویر لگی تھی جسے کسی آرٹسٹ نے نہایت محنت سے بنایا ہوگا۔

" یہ تصویر پہلے تو نہیں تھی یہاں " میں نے آنٹی سے کہا۔

"ہاں یہ روشی کے ایک دوست نے بنائی ہے جو پینٹنگ کرتے ہیں۔ روشی اب ایرہوسٹس بن گئی ہے اور زیادہ تر دلی میں رہتی ہے۔ تم جب جرمنی چلے گئے تو پہلے اس کی ایک مصور سے دوستی ہوئی، پھر ایک ڈاکٹر سے، پھر ایک پائلٹ سے۔"

"خوش تو ہے نا روشی؟" میں نے سوچ میں ڈوبی ہوئی آنٹی سے سوال کیا۔

"خوش ہی ہوگی بیٹا ــــ مگر مجھ سے اب کم ہی ملتی ہے ---- بس کبھی کبھار۔"

ان کے لہجے میں تاسف تھا، شکایت نہیں۔

جب میں چلنے لگا تو آنٹی اٹھ کر اپنے کمرے میں گئیں اور جب واپس آئیں تو ان کے ہاتھ میں ایک چھوٹی سی شیشی تھی جو انھوں نے میرے ہاتھ میں تھما دی۔

"یہ کیا ہے آنٹی؟" میں نے پوچھا۔

"نیند کی گولیاں ــــ تم اور روشی یہ سمجھتے تھے کہ میں تمہاری دی ہوئی گولی کھا لیا کرتی تھی۔ میں نے کبھی ایک گولی بھی نہیں کھائی تھی۔ تم دونوں کی جوڑی بہت اچھی لگتی تھی، اس لئے نیند کا بہانہ کر کے اپنے کمرے میں چلی جاتی تھی۔"

آنٹی کی آواز میں ایک عجیب سی اداسی تھی، جیسے خواب دیکھتے دیکھتے نیند ٹوٹ جانے سے پیدا ہوتی ہے۔ میں بہت شرمندہ ہو رہا تھا اور حیران تھا کہ آنٹی نے کس نفاست کے ساتھ ہمارا راز چھپائے رکھا۔ انگرڈ کے ماں باپ اور روشی کی ماں کے سوچنے کے انداز میں شاید کچھ زیادہ فرق نہیں تھا۔

"آپ نے کبھی ہمیں بتایا تک نہیں۔ آنٹی!"

میں سر جھکائے اس شیشی کے اندر بھری ہوئی گولیوں کو بہت غور سے دیکھ رہا تھا۔

"روشی کو تو آج تک نہیں معلوم۔" آنٹی نے جواب دیا۔ "مجھے رنج تو اس وقت سے ہونا شروع ہوا جب تمہارے جرمنی جانے کے کچھ مہینے بعد روشی کے اور دوست آنے لگے۔ ان دنوں وہ مجھے نیند کی گولی کھلانے کی بھی ضرورت محسوس نہ کرتی۔ محبت لوگ ہر زمانے میں کرتے رہے ہیں اور ہمیشہ کرتے رہیں گے۔ مگر اتنی بے باکی مناسب نہیں۔ پردہ داری اچھی تہذیب کی نشانی ہے۔"

میں گھر لوٹتے ہوئے سوچ رہا تھا کہ کل صبح پالم ایرپورٹ پر جب روشی کی اور میری نگاہیں ملی تھیں تو کیا ان میں پردہ داری نہ تھی۔؟ ●●

الجھن

مورین سے میری ملاقات اتفاقیہ طور پر ہوئی تھی۔ ہمارے کالج کی پارٹیوں میں عموماً بڑا ہنگامہ ہوا کرتا۔ مگر اس رات پارٹی طلباء کے لئے نہیں تھی۔ میں اور روجر صرف دو ہی لڑکے کالج سے مدعو تھے۔ ان دنوں میں اور روجر ایک سماجیاتی مسئلے پر طویل مضمون لکھ رہے تھے۔ اس لئے کالج کے آفس سے اکثر سابقہ رہتا۔ وہاں پر ایک خوش مزاج آسٹریلین ٹائپسٹ کام کرتی تھی — اینابول — یہ پارٹی اینابول ہی کی دی ہوئی تھی۔ اس پارٹی کو ایک سال سے زیادہ کا عرصہ ہو گیا ہے مگر ان پچھلے پندرہ روز میں حالات بدل گئے ہیں۔ روجر امریکہ جانے والا ہے۔ کوئی ایک ہفتہ ہوا اینا بھی نوکری چھوڑ کر کہیں چلی گئی ہے۔ جانے سے پہلے میں اینا کو سینما دکھانے بھی لے گیا تھا۔ وہ اسکوٹر پر پہلی بار سوار ہوئی تھی۔ کتنی ڈرتی تھی۔ میں اس کے خوف سے لطف اٹھانے کے لئے اسکوٹر خوب تیز چلا رہا تھا۔ اینا مجھ سے مضبوطی سے لپٹ گئی

تھی۔ انٹرول میں آئس کریم کھاتے ہوئے اس نے کہا کہ وہ مورین کو نہیں بتلائے گی کہ وہ میرے ساتھ سینما گئی تھی۔ میں بڑا نا امید ہوا۔ اینا کو سینما کی دعوت دینے کا اصل مقصد ہی یہ تھا کہ مورین کو پتہ چل جائے۔

تمام دن میں اور روجر بہت مصروف رہے۔ اس لئے رات کو اینا کی پارٹی میں میں یوں ہی افسردہ اور بےزار سا تھا اور سوچ لیا تھا کہ کسی سے سوائے رسمی گفتگو کے کوئی بات ہی نہ کروں گا جب خاموشی خواہ مخواہ سوار ہو جائے تو آدمی فلسفی بن جاتا ہے، ہر چیز میں نت نئے معنی پنہاں نظر آتے ہیں مگر اس فلسفیانہ موڈ کے باوجود میں مہمانوں میں ایک لڑکی کو بار بار دیکھنے پر مجبور ہو گیا۔ وہ ایک بہت ہی دل آویز سرخ رنگ کا لباس پہنے آتش دان کے قریب کھڑی کچھ لوگوں سے باتیں کر رہی تھی۔ سنہرے بال پیشانی پر جھولتے ہوئے ہلکی نیلی آنکھوں پر سایہ کئے ہوئے تھے۔ غالب نے ایسے ہی قد و قامت کو "فتنۂ محشر" کا خطاب دیا ہوگا۔ مگر اس کی شخصیت کا سب سے جاذبِ نظر جزو اس کے ہونٹ تھے۔ بار بار نگاہیں اس کے ہونٹوں تک اٹھ کر ٹھیر جاتی تھیں۔ ان کی سرخی اس کے لباس کے رنگ سے آتش دان میں دہکتے ہوئے انگاروں کی دمک سے ملتی ہوئی ہونے کے باوجود کس قدر مختلف تھی۔ کس قدر انوکھی اور پُر کشش۔

روجر میرے قریب آ گیا۔ وہ بہت شرمیلا سا لڑکا تھا۔ جب بھی زیادہ نروس ہوتا ہکلانے لگتا۔ "اِدھر ادھر تم کیا کر رہے ہو۔ آدھر چ چ چلو، وہ وہ لڑکی بہت حسین ہے۔" میں نے جواب دیا۔ "نہیں روجر وہ حسینہ تمہارے لئے ہے، مجھے آج کچھ موڈ نہیں ہے۔ میں تو اب واپس جانے کی سوچ رہا ہوں۔" روجر کو شاید میری

بات پر یقین نہ آتا اگر میں پاس سے گزرتی ہوئی اینا کو گھر جانے کی اجازت دینے کے لئے نہ روک لیتا۔

تم ابھی نہیں جا سکتے۔ اینا تقریباً چیختی ہوئی بولی" کیوں روجر! تم اپنے دوست کو رکنے کے لئے کیوں نہیں کہتے ؟"

" نہیں اینا ـــــ آج مجھے کچھ موڈ نہیں ہے، ویسے تمہاری پارٹی بہت کامیاب ہے۔ دعوت کا بہت بہت شکریہ" جب اینا اوورکوٹ لینے کے لئے میں کمرے کے پچھلے دروازے کی طرف بڑھ رہا تھا تو آتش دان کے قریب سے گزرا۔ ان ہونٹوں پر ایک بار پھر نگاہیں جا کر ٹھہر سی گئیں۔ ایک لمحہ کے لئے ہماری آنکھیں ملیں۔ کسی نے دل کی گہرائیوں میں چپکے سے کہا کہ آج تمہاری دلی دعائیں قبول ہونے کا دن ہے۔ آج جس چیز کو ہاتھ لگا دوگے سونا ہو جائے گی۔ بس اگر ذرا سی دیر بھی سوچتا تو چپ چاپ کمرے سے باہر نکل آتا۔ مگر میں نے اپنے آپ کو اس لڑکی سے باتیں کرتا ہوا پایا۔

" کیا آج شام تم مجھے اپنے گھر کافی کے لئے مدعو نہ کرو گی ؟" اگر اس سوال پر اسے تعجب ہوتا تو حیرت کی بات نہ تھی۔ اس کی آنکھوں میں ایک دھندلاہٹ سی پیدا ہو گئی۔ جیسے سوچتی ہو کہ میرے سوال کو ہنس کر ٹال دے یا سنجیدگی سے برا ملنے۔ پھر اچانک ان آنکھوں میں نیلی چمک بڑھ گئی۔ وہ مسکرانے لگی۔" ہاں ہاں ضرور۔ تم باہر ٹھہرو میں ابھی آتی ہوں۔"

میں اوورکوٹ کے بٹن لگاتا ہوا باہر سردی میں نکل آیا۔ بے برگ و بار درختوں کی برہنہ شاخوں سے اسٹریٹ لیمپ جھانک کر پارک کی ہوئی کاروں کی چھتوں پر

سایہ اور روشنی کے ان گنت ڈیزائن بنا رہا تھا۔ مجھے زیادہ دیر انتظار نہ کرنا پڑا۔ وہ ایک اور لڑکی کو ساتھ لیئے باہر آ گئی۔

"یہ کرسٹین ہے۔ ہم دونوں ساتھ ایک فلیٹ میں رہتے ہیں اور کرسٹین" وہ اپنی دوست کی طرف مڑی۔ "یہ ہمارے ساتھ کافی پینے چل رہے ہیں۔ یہ مسٹر ——"

"قیصر حسن،" میں نے اپنا تعارف کرایا۔

"آپ سے مل کر خوشی ہوئی حسن صاحب،" چشمہ لگائی کرسٹین نے مجھ سے رسمی انداز میں ہاتھ ملاتے ہوئے کہا۔ "چلو مورین چلیں اب انتظار کس بات کا ہے؟" میں دونوں کے درمیان میں چلنے لگا۔ کرسٹین کہہ رہی تھی "آپ اینا کو جانتے ہیں۔ ہمارا فلیٹ اینا کے قریب ہی ہے۔" مجھے اس طرح بن بلائے کا مہمان بن جانا کچھ اچھا نہ لگ رہا تھا۔ اسی لیئے میں آہستہ آہستہ چلتے چلتے رک گیا۔ وہ دونوں بھی ٹھیر کر میری بات کرنے کا انتظار کرنے لگیں۔

میری تجویز تو یہ ہے کہ پہلے ہم سب لاروما چل کر کافی پیئیں اور پھر میں آپ دونوں کے فلیٹ چل کر کافی پیوں؟ کیوں کیا رائے ہے؟"

"مگر یہ لاروما کیا ہے اور کتنی دور ہے؟" مورین جیسے تیار تھی۔

"یہ ایک اطالوی کیفے ہے۔ وہاں اکسپریسو کافی بڑی مزے دار ہوتی ہے اور پھر لاروما شہر کے بیچوں بیچ واقع ہے۔"

میں تو آج رات جلد ہی گھر جانے کی سوچ رہی تھی۔ کرسٹین نے معذرت کی۔ اگر آپ دونوں جلد واپس آئے تو شاید میں جاگتی ہوئی ہی ملوں۔"

لاروما میں شام ڈھلے کافی ہنگامہ ہوتا ہے۔ وہاں کی رونق کالج کے

بے نکرے لڑکے اور لڑکیوں سے کچھ اور دوبالا ہو جاتی ہے۔ مورین نے بتلایا کہ وہ شہر میں نئی آئی ہے۔ وہ اور کرسٹین دونوں مقامی اسکولوں میں پڑھاتی ہیں۔ دونوں بہت اچھی دوست ہیں۔ کالج میں ساتھ تھیں۔ اب نوکری بھی ساتھ کی ہے۔ ساتھ ہی رہتی بھی ہیں۔" جب کافی پی کر ہم دونوں باہر نکلے تو میں نے پوچھا بھی کہ اگر دیر ہو رہی ہو تو بس پکڑ لیں، مگر مورین نے کہا "رات کے وقت مجھے ٹہلنا اچھا لگتا ہے۔ ٹریفک کم ہو جائے تو عمارتوں کی موجودگی کا احساس بڑھ جاتا ہے۔ نئے شہر میں عمارتیں بڑی دل چسپ معلوم ہوتی ہیں۔

ایک نیم تاریک سی سڑک پر کیتھولک گرجے کے سامنے والے مکان کا پھاٹک کھولتے ہوئے مورین نے کہا "اور یہاں میں رہتی ہوں" ایک کھڑکی کی طرف اشارہ کرکے بتایا "وہ کمرہ کرسٹین کا ہے۔ مگر شاید وہ سو رہی ہے۔ اس نے روشنی نہیں جلا رکھی، مجھے ایسا لگا کہ اس گھر کے بائیں باغ میں آگیا ہوں۔ دھیمی روشنی میں ایک روش گھاس کے درمیان نظر آ رہی تھی۔" احتیاط سے آنا یہاں سیڑھیاں ہیں" مورین نے ہدایت کی۔ میں اس کے اس طرح خیال رکھنے سے بڑا مرعوب ہوا۔ اس میں وہ رسمی تکلفات نہ تھے جن کی یونی ورسٹی میں پڑھنے والی اور شہروں میں کام کرنے والی لڑکیاں عادی ہوتی ہیں۔ کسی اجنبی کے ساتھ یوں پہلی بار باہر جائیں تو گیٹ پر کھڑے کھڑے ہی شب بخیر کہہ دیا جائے۔

جب مورین کافی بنا کر لائی تو میں نے اس سے کہہ دیا کہ اس پوری شام میں مجھے اس کا یہ جملہ کہ "احتیاط سے آنا، یہاں سیڑھیاں ہیں" بے انتہا پسند آیا۔ اس میں خلوص تھا، بے ساختگی تھی، وہ ہنس کر خاموش ہو گئی۔ اتنی ہی دیر میں

میں نے یہ محسوس کر لیا تھا کہ مورین کافی باتیں کرتی تھی، پھر بھی اپنے احساسات کے بارے میں کچھ نہ کہتی۔ یہ احتیاط کچھ پراسرار سی لگی۔ رات دیر گئے جب میں لوٹنے لگا تو وہ گیٹ تک چھوڑنے آئی۔ دوستانہ بے تکلفی سے اس نے کہا: "اب تمھیں معلوم ہو گیا ہے کہ ہم کہاں رہتے ہیں۔ جب بھی کافی پینے کا دل ہو چلے آنا۔"

"تم تھک جاؤ گی میرے لئے کافی بناتے بناتے۔ ایسا کیوں نہیں کرتیں کہ کل شام کسی چائنیز ہوٹل میں میرے ساتھ کھانا کھاؤ۔" مورین رضامند ہو گئی۔

دوسرے دن اس ہوٹل میں کھانا ختم کرتے ہوئے میں نے کہا: "یہاں سب چیز اچھی ہے۔ مگر کافی بڑی واہیات ہوتی ہے۔ میں تو ہمیشہ کوکا کولا پیتا ہوں۔"

"میں بھی اس وقت کوکا کولا ہی پیوں گی۔ کافی گھر چل کر پئیں گے۔"

ہم ٹھنڈے کوکا کولا کی چسکیاں لے رہے تھے کہ مجھے روجر اندر آتا نظر آیا۔ میں نے سوچا اسے اسی میز پر بلانا چاہئے۔ ورنہ وہ آئرس سے کہہ دے گا۔ آئرس ہسپتال میں نرس تھی اور ان دنوں ہم اکثر ساتھ اکٹھے دیکھے جاتے۔ آئرس نرس زیادہ تھی اور دوست کم۔ اس کو میری صحت کا اتنا خیال رہتا کہ میں ہوم سک ہو جاتا۔

"سردی زیادہ ہے سوئٹر پہننا نہ بھولنا۔" روجر کو بھی اس کی نصیحتیں سننا پڑتیں۔

"مورین! میرے دوست روجر سے ملو۔" روجر کے چہرے پر کچھ اس قسم کے تاثرات تھے جیسے وہ بات کرنے میں خوب ہکلانے والا ہو۔

"میں نے آپ کو ایناکی پارٹی میں دیکھا تھا۔" روجر بہت مودب تھا، ہکلاہٹ نام کو نہ تھی۔ مجھے اس کا ستھرا لہجہ اچھا بھی لگا اور تعجب بھی ہوا۔

میں اور روجر ان دنوں ساتھ مل کر ایک طویل مضمون لکھ رہے تھے بمقالہ سمجھ لو۔

مگر اتفاق یہ ہے کہ کسی بات پر متفق نہیں ہوتے۔

"میں صاف سیدھی باتوں سے الٹے نتیجے اخذ کرنے کے حق میں نہیں ہوں۔" روجر نے طنز کیا۔

"اور میں اس بات کا قائل نہیں ہوں کہ انسان ہر جگہ، ہر وقت اپنے مضمون کی باتیں کرے۔ روجر پر رات، دن سماجیات کا بھوت سوار رہتا ہے۔"

"اور میں کہتا ہوں کیوں نہ رہے۔ ایک سپاہی چوبیس گھنٹے قانون کا رکھوالا بنا رہ سکتا ہے۔ ایک ڈاکٹر دن اور رات کے ہر حصے میں اپنے فن کا مظاہرہ کرنے کو تیار رہتا ہے تو ایک نرس ـــــ" مجھے فوراً احساس ہوا کہ اگر اس بحث کو ختم نہ کیا گیا تو روجر آئرس کا حوالہ دیئے بغیر نہ رہے گا۔ اس لئے میں نے بات کاٹ دی: "اچھا اچھا روجر وکیلوں کی طرح اس وقت جرح کرکے اپنی بھوک خراب نہ کرو۔ ہم دونوں تو جانے ہی والے تھے کہ تم آگئے۔" روجر مورین سے مخاطب ہوا: "قیصر کو میں اب زیادہ روک بھی نہیں سکتا۔ صبح ہمیں پروفیسر ہڈسن سے ملنا ہے۔ اگر ٹریفک میں کبھی دیر ہو جائے گی تو یہ پروفیسر صاحب سے یہی کہے گا کہ رات کو روجر نے باتوں میں لگائے رکھا۔" مورین ہنستی ہوئی اٹھ کھڑی ہوئی۔ وہ بڑی دلچسپی سے لوگوں کی باتیں سنتی تھی۔ اتنا حسین اگر باتیں سننے والا ہو تو کون خاموش رہ سکے گا۔

پروفیسر ہڈسن کی ہدایت کے مطابق میں اور روجر اپنے کام میں کچھ زیادہ ہی مصروف رہنے لگے۔ دن دن بھر لائبریری میں کتابوں کو چاٹتے رہتے۔ مورین سے ملاقات بالکل ہی نہ ہو سکی۔ کرسمس آیا تو وہ اور کرسٹین اپنے اپنے گھر چلی گئیں۔ دونوں کے

کرسمس کارڈ آئے تو یہ معلوم ہوا۔ میں نے بھی جواب میں کارڈ بھیج دیئے۔ کالج میں دوسرا ٹرم بھی تیزی سے گزرا۔ ایسٹر کی تعطیلات میں مجھے بلجیم سے ایک پوسٹ کارڈ ملا۔ کرسٹین اور مورین دونوں نے مل کر بروژ سے لکھا تھا۔ اس ہوٹل کا ذکر تھا جس میں وہ ٹھہری تھیں۔ وہاں کی تاریخی عمارتوں کا ذکر تھا۔ دن تیزی سے گزرتے رہے۔ سال کا آخری ڈانس تھا۔ روجر میرے ساتھ آئرس کو دیکھ کر متعجب ہوا۔

"میں تو امید کر رہا تھا کہ تم مورین کے ساتھ آؤ گے۔ ذرا سی دیر کو ہم اکیلے ہوئے تو اس نے کہا:

ارادہ تو میرا بھی تھا کہ مورین کو ساتھ لاؤں مگر آئرس سے بہت دنوں سے کہہ رہا تھا۔ تمہارے ساتھ تو تمہارے ہمسایہ کی لڑکی نظر آتی ہے۔"

"بائیبل کا یہی ایک اصول مجھے پسند ہے، اپنے ہمسایہ سے محبت کرو۔"

یہ بالکل اتفاق تھا کہ گرما میں میرا بلجیم جانا ہوا۔ بروژ بھی گیا۔ خاص طور پر اسی ہوٹل میں ٹھہرا جہاں سے کرسٹین اور مورین نے کارڈ بھیجا تھا۔ وہاں سے میں نے دونوں کو الگ الگ مخاطب کیا۔ بس یہیں سے ہماری دوستی نے ایک نئی کروٹ لی۔ یہ تبدیلی کچھ اس قدر بتدریج ہوئی کہ مجھے محسوس کرنے میں کافی عرصہ لگا۔

نیا تعلیمی سال شروع ہوا۔ میرے بہت سے دوست کالج چھوڑ کر چلے گئے۔ روجر کو بھی امریکہ سے اسکالرشپ ملنے کی اطلاع آ چکی تھی۔ نئے طلبا سے دوستی نہیں ہوئی تھی کچھ ایسا ہوا کہ میرا زیادہ تر وقت کرسٹین اور مورین کے فلیٹ میں گزرنے لگا۔ وقت کے ساتھ بے تکلفی بھی بڑھ رہی تھی۔ کبھی کبھی مجھے ایسا لگتا جیسے مورین کرسٹین پر ڈھکے

پچھپے انداز میں چوٹ کرتی ۔ میں اکثر سوچا کرتا کہ کہیں یہ طنز رقابت کا نتیجہ تو نہیں
ایک شام مجھے مورین سے پوچھنا ہی پڑا۔ میں نے فلیٹ میں آتے ہی سوال کیا۔

"آج کافی کون بنائے گا۔؟"

"کرسٹین"—— مورین نے فیصلہ سنایا اور کرسٹین چپ چاپ کافی بنانے چلی گئی۔ پہلے اس بات پر بحث ہوتی ۔ تاس ہوتا۔

"مورین! یہ کرسٹین اب کافی بنانے میں پس و پیش نہیں کرتی ؟"

"کرسٹین اب تمہاری ہر بات مان لیتی ہے" مورین نے ایک سپاٹ لہجے میں کہا۔ اس کا سبب جان بوجھ کر مورین سے دریافت نہ کیا۔ اور بات آئی گئی ہو گئی۔

ایک شام میں نے مورین کو فون کیا۔ اس نے بتایا کہ ایک روز پہلے وہ مجھ سے ملنے آئی تھی۔ میں گھر پر نہ تھا۔ واپس لوٹ ہی رہی تھی کہ اسے روجر ملا جو کوئی فلم دیکھنے جا رہا تھا اس نے دعوت دی تو میں ساتھ چلی گئی۔ اچھا تم آؤ تو باتیں ہوں گی "

"فرصت ملی تو ضرور آؤں گا" میں نے ٹیلی فون پر گفتگو ختم کرتے ہوئے کہا مگر اس رات میں مورین کے فلیٹ نہ جا سکا۔ ایک لمحہ کے لئے بھی مجھے اس بات کا خیال نہ آیا کہ روجر اور مورین ساتھ سینما گئے تھے۔ اس میں بات ہی کیا تھی۔ مورین اس شام کچھ نہ کر رہی تھی اور روجر فلم دیکھنے جا رہا تھا۔ دونوں ساتھ چلے گئے۔ مگر دوسری دوپہر کھانے پر جب روجر سے ملاقات ہوئی تو میں توقع کر رہا تھا کہ وہ اس بات کا ذکر ضرور کرے گا۔ وہ ہمیشہ ذرا ذرا سی خبریں سنایا کرتا کہ آئرس کو فلاں دکان سے نکلتے دیکھا مورین کو بس سے اترتے دیکھا مگر اس دوپہر روجر نے سب ہی باتیں کیں اور فلم کا ذکر نہ کیا۔ میں نے نئے فلموں کے بارے میں پوچھا بھی مگر خاطر خواہ جواب نہ ملا۔

میں اسحان ہوگیا۔ شاید وہ اس بات کو راز رکھنا چاہتا ہو۔
مگر یہ راز کنڈلی مارے سانپ کی طرح جان دار بھی تھا اور غیر متحرک بھی ——— ہر دو صورتوں میں قاتل۔ شروع شروع میں تو مجھے ایک بے نام سا غصہ تھا پھر ایک عجیب طرح کا اضطراب ہونے لگا کہ یہ بات راز رکھ کر مجھے خاص طور پر ذلیل کیا جا رہا ہے۔ اور آخر میں تو مجھے تنہائی کا شدت سے احساس ہونے لگا۔ روجر سے بات کرتے ہوئے میرے دل میں خواہش ہوتی کہ رقیب سمجھ کر اسے ناپسند کروں مگر جب بھی ہماری نگاہیں ملتیں تو ایسا لگتا جیسے میرے شبہات بے بنیاد نہ ہو۔ روجر کی خاموشی کہر کی طرح چھائی رہی۔
وہ شام سرمئی اور ملائم سی تھی جب میں مورین کے فلیٹ پر پہنچا۔
"مورین تو ابھی باہر گئی ہے اور شاید دیر تک نہ آئے"، کرسٹین نے مجھے کچھ اس طرح بتلایا جیسے وہ کچھ چھپانا چاہ رہی ہو۔
"آج کیا بات ہے کرسٹین میں نے تمہارے دوست، فرینک، کی سرخ اسپورٹس کار باہر کھڑی نہیں دیکھی، کیا ہر ہفتہ کی رات کی طرح آج تم رقص گاہ نہیں جاؤگی؟"
"تم نے کبھی اس بات پر غور نہیں کیا قیصر کہ فرینک یا کوئی اور لڑکا مجھ سے دوستی کس لئے کرتا ہے؟"، کرسٹین کے لہجے سے ایک چھپے ہوئے احساس کمتری کا اظہار ہو رہا تھا۔ مجھ میں اگر کوئی خوبی ہے تو یہی کہ میری دوست مورین، بہت محبوب صورت ہے۔ اکثر لڑکوں نے مجھ سے دوستی اسی لئے کی کہ وہ میرے ذریعے سے مورین تک پہنچ سکیں۔ گو یہ بات اور ہے کہ انھوں نے مجھے ناپسند نہیں کیا۔
"ہمیشہ ہنستے رہنے والی کرسٹین کے منہ سے ایسے سنجیدہ جملے اچھے نہیں لگتے،" میں نے

ڈرائینگ روم میں اونچے لیمپ کے نیچے بچھی ہوئی اپنی پسندیدہ آرام کرسی پر دراز ہوتے ہوئے کہا۔

" ایسے ماحول میں جو حسن کی پرستش کرتا ہو حسین نہ ہونا ایک جرم ہے میں حقیقت پسند ہوں گو دل چاہتا ہے کہ لوگ مجھے رومانٹک کہیں۔" کرسٹین کتابوں کے شیلف پر نگاہیں اس طرح جمائے تھی جیسے واقعی کوئی خاص کتاب ڈھونڈ رہی ہو۔

" تمھیں تو یاد ہی ہوگا کرس کہ اپنے دوست ولیم شیکسپیر نے کہا ہے کہ خوبصورتی ——— کرسٹین نے میری بات کاٹ دی۔

جب کوئی مجھ سے کہتا ہے کہ خوب صورتی دیکھنے والے کی نگاہ میں ہوتی ہے تو میں سمجھ جاتی ہوں کہ وہ یہ کہنا چاہ رہا ہے کہ میں خوب صورت نہیں ہوں۔

" مجھے تو یہ ڈر لگ رہا ہے کہ کہیں تم مورین کی دوستی سے اکتا نہ گئی ہو۔"

" نہیں قیصر، مورین سے دوستی اتنے سالوں میں کچھ اتنی مستحکم ہو گئی ہے کہ میرے دل سے حسین لڑکیوں سے رقابت کا احساس جاتا رہا ہے۔ مگر جب سے تم نے برڈوز سے ہم دونوں کو الگ الگ کارڈ لکھے ہمارے تعلقات میں فرق آ گیا ہے۔ پہلے ہم دونوں بحث بھی کرتے ایک دوسرے سے خفا بھی ہو جاتے مگر اب ہر بات ہم میں سے کسی ایک کی ناراضگی پر ختم ہوتی ہے۔

اس زلزلے کو کون روکے گا، میں نے دل میں سوچا، یہ لاوا جو ابل پڑنے کو ہے "مورین کہاں گئی ہے اور کب تک واپس ہوگی؟" میں نے باتوں کا رخ موڑنے کی کوشش کی۔

" تم نے احتیاط کر کے یہ نہ پوچھا کہ مورین کس کے ساتھ باہر گئی ہے؟"

کرسٹین اپنی اور مورین کی دوستی کی بنیادوں کو ہلا دینے پر تلی ہوئی تھی

"روجر کے ساتھ گئی ہوگی"، میں نے بہ ظاہر لاپرواہی سے قیاس آرائی کی پھر اس خیال کے ساتھ کہ مورین اور روجر آج پھر ساتھ باہر گئے ہیں۔ مجھے یوں محسوس ہونے لگا کہ مجھے جیسے کوئی جسمانی تکلیف نہیں تھی بلکہ شدید درد و کرب تھا۔ گزرے ہوئے واقعات کی کوفت، آنے والی الجھنوں کا خیال جذبات کی اس تکلیف دہ پیچیدگیوں کے ساتھ ساتھ مجھے اس بات کی خواہش بھی تھی کہ اگر مورین مجھ سے اپنے اور روجر کے بڑھتے ہوئے تعلقات کے بارے میں بات کرلے تو میں بالکل اچھا ہو جاؤں گا۔ یہ بے نام سی الجھن ختم ہو جائے گی۔ اس بوجھل لمحے کو ہلکا کرنے کے لئے میں مسکرایا بھی اور خاموش کرسٹین کی طرف دیکھنے لگا۔ مگر اس کی آنکھوں میں غیر متوقع آنسوؤں کو دیکھ کر مجھے تعجب ہوا اور بے ساختہ سبب پوچھ بیٹھا۔

"تو تم یہ سمجھتے ہو کہ دنیا میں تم ہی اکیلے ہو جس کے پاس اداس ہو جانے کا کچھ سبب ہے؟" کرسٹین کی آواز ایک دھیمی سرگوشی معلوم ہوئی۔

"تم یقیناً بہت اداس ہو۔ خوشی کا اظہار لوگ عجیب عجیب طرح کرتے ہیں مگر غم تو سب ہی کا ایک سا ہوتا ہے۔ گو چند خوش قسمت آنسو بہا دیتے اور چند بس خاموش رہتے۔" میں نے کرسی سے اٹھتے ہوئے کہا

کرسٹین نے عینک اتار کر آنسو پونچھے اور میرے بہت قریب آگئی، "عورت اپنے محبوب کے لئے سب کچھ بننا چاہتی ہے اور خوب صورتی سب کچھ بننے کے لئے کس قدر لازمی ہے۔" کرسٹین نے آنسوؤں سے بھیگے ہوئے رخسار میرے رخساروں

سے ملا دیئے اور اسی سرگوشی جیسے لہجے میں کہتی رہی "میں نے ہمیشہ یہی سوچا کہ تم کو یہ کبھی نہ بتاؤں گی کہ میں تمھیں کتنا چاہتی ہوں۔ ہمارے تمھارے درمیان ایک معصوم سی دوستی قائم ہو گئی تھی اور میں اسے خراب نہیں کرنا چاہتی جب تم میرے قریب ہوتے ہو تو میرے منہ سے اچھوتے جملے نکل جاتے ہیں۔ میرے لطیفوں پر سب ہنس دیتے ہیں اور خصوصاً تم —— تمھاری ہنسی!"

محبت کا یہ بے باکانہ اعتراف! مجھے تو ایسا لگا کہ ایک لمحے کے لئے میں نے چمکیلے بادلوں کو چھو لیا ہو۔ جیسے ان الفاظ میں جادو تھا۔ وہ آواز نہ تھی۔ ایک نغمہ تھا۔ میں نے سوچا کہ اگر میں کرسٹین کے چہرے کی طرف آنسوؤں سے بھیگی آنکھوں کی طرف نہ دیکھوں گا تو وہ آسانی سے باتیں کر سکے گی۔ اپنے دل کی بھڑاس نکال سکے گی۔ کرسٹین کی باہیں ابھی تک میرے گلے میں حمائل تھیں۔ اور وہ کہہ رہی تھی "قیصر ڈیر قیصر! تمھارے بے فکرے اور لاابالی پن نے مجھے شروع میں تمھاری طرف متوجہ کیا اور پھر دھیرے دھیرے سارے کے سارے تم اچھے لگنے لگے۔ تم اکثر یہاں آتے بے تکلفی سے بیٹھتے، فرمائش کر کے کافی بنواتے، سارے کا جو کھاتے۔" آنسو رک چکے تھے۔ کبھی کبھی ایک آدھ سانس بے ترتیب ہو جاتی تو خیال ہوتا کہ سسکی لی ہوگی۔

سچ بتاؤ قیصر کیا میں تمھیں اچھی نہیں لگتی؟ کرسٹین نے یہ سوال پوچھ کر میری طرف دیکھا اور پھر جلدی سے نظریں ہٹا لیں جیسے ایک دم اسے احساس ہو گیا ہو کہ اس کا سوال کا بہت ہی بچکانہ تھا۔ میں نے جواب دینے کے لئے منہ کھولا ہی تھا کہ وہ بولی۔

"کچھ مت بولو۔ ایسا لگتا ہے کہ میں نے تمھارا جواب سن لیا ہو۔"

"یہ نہیں ہے کرسٹین کہ میں تمھیں ناپسند کرتا ہوں۔ مگر میں مورین کو تم سے زیادہ

پسند کرتا ہوں"۔ کرسٹین نے میرے دونوں رخساروں کو اس طرح بوسہ دیا جیسے بزرگ الوداع کرتے وقت بچوں کو چوم لیتے ہیں اور پھر ایک آرام دہ اور سکون بخش خاموشی چھا گئی جو ایک سلجھی ہوئی دوستی کا احساس دلاتی تھی۔

اس رات ہم دونوں باہنوں میں باہیں ڈالے سینما دیکھنے بھی گئے اور دوسرے دن میں نے مورین کو ڈھیر ساری کتابیں اٹھائے سنٹرل لائبریری کی سیڑھیاں چڑھتے ہوئے دیکھا۔ سنہرے بال اب بھی اس کی آنکھوں پر سایہ کئے ہوئے تھے۔ "مورین"، میں نے اسے قریب سے پکارا۔ یوں اچانک نام سن کر وہ پلٹی اور دو تین سیڑھیاں اتر کر مجھ تک آئی۔

"ارے تم یہاں کیا کر رہے ہو؟" اس کے لہجے کی بے ساختگی میں وہی پرانی بے تکلفی تھی پھر جیسے اسے اچانک رات کا واقعہ یاد آگیا ہو، چہرے پر ایک دم سنجیدگی چھا گئی۔

"تم کو سڑک پار کرتے دیکھا تو ادھر چلا آیا۔ جلدی سے کتابیں واپس کرکے آؤ، مجھے کچھ ضروری باتیں کرنی ہیں"۔ اثبات میں سر ہلا کر وہ لائبریری کے گھومتے ہوئے دروازے کی طرف مڑ گئی اور میں سوچنے لگا کہ اب ہم دونوں کو چاہئے کہ ایک دوسرے کا مکمل طور پر جائزہ لیں۔ کب تک حقائق سے آنکھ مچولی کھیلتے رہیں گے۔

مورین نے قریب آکر مجھے خیالات سے چونکا دیا، "چلو چلیں —— اس لائبریرین کو تو مجھ سے عداوت ہے۔ کتنا سارا جرمانہ کیا۔ مدرسوں کے ساتھ تو خاص رعایت کرنی چاہئے۔ مجھے ایسا لگا جیسے وہ سنجیدہ گفتگو کرنے سے کترا رہی ہو۔

"تم سینما دیکھنے چلوگی؟"

"کیا تمہارے لئے شہر میں کوئی پکچر دیکھنا باقی رہ گیا ہے؟" اس کے لہجے میں بلا کی ترشی تھی۔ اپنے جملے کی تلخی کا اثر دیکھنے کے لئے وہ میری طرف مڑی۔ "آؤ نیلیں کافی پئیں۔" میں جواب کا انتظار کئے بغیر اسے لارو ما لے گیا۔ یہ بالکل اتفاق تھا کہ لارو ما ریستوران میں سب سے قریب تھا اور پھر شام وہاں بہت زیادہ گڑبڑ بھی نہیں ہوتی اس لئے چین سے بیٹھ کر بات بھی ہو سکتی تھی پھر بھی کافی لوگ بیٹھے تھے۔ میں مورین کو دور نیم تاریک کونے تک لے گیا جہاں پر جوک بکس سے نکلنے والے فلمی گانوں کی آواز کم ہی سنائی دیتی تھی۔ کافی کی پیالیاں چمکتی ہوئی سیاہ میز پر رکھتے ہی میں نے گفتگو کا آغاز کیا۔

"مورین مجھے پتہ ہے کہ تم اپنے احساسات کسی پر بھی ظاہر نہیں ہونے دیتی ہو۔ مگر پچھلے چند دنوں سے میں اور تم، دونوں کچھ عجیب الجھنوں میں مبتلا ہیں۔ آؤ صرف ایک دن کے لئے تم اپنے اسرار بالائے طاق رکھ دو۔ آج تھوڑی دیر کے لئے کھلے دل سے باتیں کر لو۔" مورین نے کچھ جواب نہ دیا اور خاموشی سے کافی میں شکر ملاتی رہی۔

"کیا تمہیں یہ برا لگا کہ میں کرسٹین کو کل رات سینما لے گیا؟" پھر جیسے دہکتا ہوا لاوا پھٹ پڑا ہو۔

"ہاں برا اور بہت ہی برا۔ کیا ضرورت تھی تمہیں کرسٹین کو ساتھ لے جانے کی؟ میں نے کتاب پڑھنے کی کوشش کی اور نہ پڑھ سکی۔ گھر خط لکھنا چاہا اور دو حرف لکھ کر پھاڑ دیا۔ دل چاہا کہ خوب روؤں۔ کھڑکی کے شیشے توڑ دوں۔ مگر جب رات دیر گئے تم دونوں واپس آئے تو میں نے سوچ لیا تھا کہ کچھ نہ ظاہر ہونے دوں گی۔ آخر میرا تم پر حق ہی کیا ہے؟ تم اپنی مرضی کے مالک ہو۔ مگر آخر کرسٹین ہی کیوں؟"

"مگر تم بھی تو رودجر کے ساتھ سینما جا چکی ہو۔ میں نے تو کچھ نہیں کہا۔"

"بس اسی کا تو مجھے افسوس ہے، کاش تم نے جھگڑا کیا ہوتا۔ لڑتے ہوئے برا مانا ہوتا اور وہ روجر ——— اس نے تو دو مرتبہ ہی سینما ساتھ لے جا کر مجھ سے کہا کہ تمھیں قیصر اور مجھ میں سے کسی ایک کو پسند کرنا ہوگا۔ دو دوست ایک ہی لڑکی میں دلچسپی لے کر اپنی دوستی کو برقرار نہیں رکھ سکتے۔"

"تو پھر ——— تم نے کیا فیصلہ کیا؟" میرے لہجے میں اشتیاق تھا۔ آرزو تھی۔ میری نگاہیں اس کے ہونٹوں کی ذرا سی جنبش زندگی کو دوبالا کر سکتی تھی۔ اتنے عرصے میں پہلی بار مورین نے میری آنکھوں سے آنکھیں ملائیں کیتنی سنجیدگی اتر آئی تھی۔ ان کی نیلاہٹ گہری ہو گئی تھی۔

"اگر یہی سوال مجھ سے تم کل رات پوچھتے تو ———" وہ خاموش ہوگئی، جیسے مناسب الفاظ تلاش کر رہی ہو۔ میرے حلق میں خشکی ایک دم بڑھ گئی۔

"تو؟؟" میں مجسم سوال تھا۔ یا شاید دل کی دھڑکن سوال بن گئی تھی۔

"تو میں تمہارے گلے میں باہیں ڈال کر تم سے لپٹ جاتی، تمھیں پیار کرتی،" وہ مسکرانے لگی۔

"مگر آج ——— کیا آج تم نے ارادہ بدل دیا ہے؟" اس مسکراہٹ میں زہر بھی ہو سکتا ہے۔ عورت کے انتقام کی داستانیں کس نے نہیں سنیں۔

"کل رات تو ہم دونوں اکیلے ہوتے مگر اب، اس وقت یہاں!! ——— اتنے لوگوں کے درمیان!!!" اس کی خوب صورت آنکھیں قریب کی میزوں پر بیٹھے ہوئے لوگوں کا جائزہ لے رہی تھیں۔ وہ مسکراتی ہوئی نیلی آنکھیں کس قدر حسین لگ رہی تھیں، وہ ہونٹ کس قدر سرخ لگ رہے تھے میں اٹھ کھڑا ہوا، "ہٹاؤ اب یہ کافی کون پیئے۔"

مورین بھی ساتھ ہی اٹھی۔ "میں تو پہلے بھی کافی نہیں پینا چاہ رہی تھی۔" ●●

وطن کی یاد

کئی برس لندن میں گزارنے کے بعد روی بہت زیادہ جذباتی ہوگیا تھا وہ ہر دوسرے سال کرسمس کی چھٹیوں میں اپنی بیوی لکشمی اور بچوں کے ساتھ دلی کا دورہ کرتا اور ماڈل ٹاؤن میں اپنے ماں باپ کے ساتھ رہتا۔ اسے اپنے وطن میں رات مخمل کی طرح لگتی اور دن ریشم کی مانند۔ اسے گیندے کے پھولوں کا سونا بہت پسند تھا۔ اور دھوپ میں چمکتی ہوئی پیپل کی پتیوں کی چاندی بہت بھاتی تھی۔ روی کے بہن بھائیوں کی شادی ہو چکی تھی، مگر ہر دو سال بعد کرسمس کے زمانے میں ماڈل ٹاؤن میں روی کے ماں باپ کے گھر میں وہ سب بھی آجاتے۔ خوب رونق رہتی۔ خوب دھما چوکڑی مچتی۔ یہ رونق روی کو بہت زیادہ اچھی لگتی تھی۔ وہ دو برس تک لندن میں خوب محنت کر کے پیسے بچاتا اور پھر یہ ساری پونجی ہوائی جہاز سے وطن آنے اور عزیزوں کے لئے تحفے خریدنے میں پھونک دیتا۔ لندن لوٹتے وقت اس کی جیب خالی ہوتی اور اس کے سوٹ کیس ہلکے ہوتے، مگر اس کا دل اپنے پیاروں کی محبت سے لبریز ہوتا۔ دنیا کی اور لذتوں کی طرح محبت کے نشے کو بھی بار بار تازہ کرنا پڑتا ہے۔ شہد کی مٹھاس

کا اندازہ شہد کو دوبارہ زبان پر رکھنے کے بعد ہی ہوتا ہے، صرف اس کی یاد سے نہیں۔ اس بار چلتے وقت جب روی اپنی ماں کے پیروں کو چھوکر اٹھ رہا تھا تو اس نے اعلان کیا کہ وہ چند مہینے بعد ہی دلی واپس آئے گا ـــ شاید اکیلا ہی۔ روی کی بیوی کو اپنے شوہر کی یہ بات سن کر تعجب ہوا تھا۔ لکشمی کی آنکھوں میں کاجل کی تحریر اور ماتھے پر سرخ بندیا جیسے سوالیہ نشان بن گئے تھے۔ اپنے بھائی سے گلے ملتے وقت روی سوچ رہا تھا کہ وہ لکشمی کو کیسے بتائے گا کہ وہ اتنی جلد اکیلا دلی کیوں آنا چاہتا ہے۔ اسی لمحہ اس نے جواب سوچ لیا تھا۔

نئی دلی کے خوب صورت کناٹ پلیس میں واقع ایک انٹرنیشنل ایرلائن کے دفتر میں چند دن پہلے روی جب اپنی واپسی کی بکنگ کرانے گیا تھا تو اس نے دیکھا تھا کہ کاؤنٹر کے قریب ایک نوجوان اور خوب صورت لڑکی کھڑی ہوئی سگریٹ پی رہی ہے۔ اس کے سگریٹ پکڑنے کے انداز میں بچپن سا تھا مگر جب وہ گہرا کش لگاتی تو ایسا معلوم ہوتا جیسے وہ اپنے گرم جوش محبوب کے ہونٹوں سے اپنے نرم ہونٹ ملا رہی ہو۔ روی کو یہ لڑکی بڑی پیاری لگی مگر اس نے خود اپنی نظریں لڑکی کے ہونٹوں سے ہٹا لی تھیں۔ انگلستان میں اتنے دن رہنے کے بعد کسی لڑکی کو گھورنا اب اسے معیوب نظر آنے لگا تھا۔ اس کے علاوہ کاؤنٹر کلرک بھی اب روی کی جانب متوجہ ہو چکا تھا۔

" جی۔ اگلے ہفتے لندن جانے والی کوئی فلائٹ دیکھئے جو صبح کو دلی سے روانہ ہوتی ہو۔" روی نے کاؤنٹر کلرک کی طرف اپنے ٹکٹ بڑھاتے ہوئے کہا۔ اسے آدھی رات کو بچوں کے ساتھ جہاز سے روانہ ہونا اچھا نہیں لگتا تھا اور بہت

روکنے کے باوجود اس کے ماں باپ ہر بار انہیں ایرپورٹ پر رخصت کرنے ضرور آتے تھے۔

بکنگ کرانے کے بعد روی نے نہایت شائستگی سے کاؤنٹر کلرک کا شکریہ ادا کیا۔ جب وہ ایرلائن کے دفتر سے باہر نکل رہا تھا تو اسے وہی لڑکی دروازے کے قریب ملی۔ روی نے شیشے کا بڑا دروازہ کھول کر پکڑے رکھا اور وہ "تھینک یو" کہتے ہوئے قریب سے گزر گئی۔ کسی مغربی سینٹ کی خوشبو سے اس کا نازک وجود مہکا ہوا تھا۔ روی نے دیکھا کہ اس کے ساڑھی باندھنے کا انداز بڑا دل کش تھا۔ زرد شفون کی مہین ساڑھی اس کے سانولے سلونے بدن پر خوب جچ رہی تھی۔ کئی برس تک سرخ و سفید لوگوں کے درمیان رہتے رہتے روی کو سانولی سلونی رنگت بہت پسند آنے لگی تھی۔ روی نے سوچا کہ شاید انگریز بھی نمکین رنگت کو پسند کرتے ہوں۔

"آپ بہت دن سے انگلینڈ میں رہ رہے ہیں کیا؟" اس لڑکی نے روی سے اس وقت کہا جب ایرلائن کے دفتر سے نکل کر کناٹ پلیس کے اونچے ستونوں والے برآمدے میں اس کے قریب آگیا تھا۔ روی نے جواب دینے سے پہلے سوچا کہ نوجوان لوگوں کی آواز میں کس قدر پیارا سا بانکپن ہوتا ہے جو عمر کے ساتھ ساتھ دھندلا جاتا ہے اور چھوٹی عمر کی ناتجربہ کاری ہی شاید انسانی حسن کا اہم ترین پہلو ہے۔

"جی ہاں، میں کئی برس سے لندن میں رہتا ہوں، مگر آپ کو کیسے معلوم ہوا؟" روی اس کے ساتھ ساتھ چلتے ہوئے کہنے لگا۔ ایک مرد اور لڑکی کے

قدموں کی ہم آہنگی انہیں خواہ مخواہ ایک اچھے جوڑے میں بدل دیتی ہے۔ اس بات کا احساس شاید ان دونوں کو ہونے لگا تھا۔

"میں خاصا تجربہ رکھتی ہوں۔" وہ مسکرائی۔ "آپ کا یہ دھاری دار سوٹ، ٹائی باندھنے کا سہل سا انداز، بلنکنگ کرانے کا طریقہ، لڑکی کے لئے دروازہ کھولنے میں پہل" اس نے نیا سگریٹ ہونٹوں میں دبا لیا تھا۔ روی نے اپنے لائٹر سے اس کے ہونٹوں میں دبا ہوا اور باتیں کرتے وقت اوپر نیچے ہلتا ہوا سگریٹ سلگا دیا تھا۔ وہ کہہ رہی تھی۔ "اور اب یہ میرا سگریٹ سلگانے کے لئے اپنا لائٹر نکالنے کا خیال ——— اوہ کیا آپ سگریٹ پئیں گے؟" وہ اپنا ہینڈ بیگ کھولنے لگی۔

"جی نہیں شکریہ" روی نے کہا۔ "میں تو صرف پائپ پیتا ہوں۔"

"کیا آپ بھی کسی باہر کے ملک میں رہتی ہیں اور ہندوستان عزیزوں سے ملنے آئی ہیں؟" روی نے اس لڑکی کی بے تکلفی کے انداز کو دیکھ کر کم از کم یہی سوچا تھا۔

"نہیں، میری ایسی قسمت کہاں! میں تو دلی سے باہر صرف دہرہ دون تک جاتی ہوں جہاں میرے ممی اور ڈیڈی رہتے ہیں۔" وہ دونوں آہستہ آہستہ چل رہے تھے۔ روی کو محسوس ہوا کہ اس لڑکی کی چال میں ایک لاابالی پن سا تھا۔ جیسے امتحان کے بعد کالج کے لڑکے اور لڑکیوں کا انداز ہوتا ہے۔ پھر اسے تعجب ہوا کہ اچانک اسے کیوں اپنا کالج کا زمانہ یاد آنے لگا۔

"پتہ نہیں آج کل سب پڑھے لکھے لوگ ملک سے باہر جانے کو اپنی

خوش قسمتی کیوں سمجھتے ہیں؟" روی کو اس لڑکی سے باتیں کرنا اچھا لگ رہا تھا اور یہ جملہ جان بوجھ کر اس نے بات بڑھانے کے لئے کہا تھا۔ ورنہ لندن جانے سے پہلے وہ خود باہر کے ملکوں کے خواب ہر وقت دیکھا کرتا تھا۔

میں نے آپ کو جب لندن کے لئے واپسی کی بکنگ کراتے ہوئے دیکھا تھا تو سوچا تھا کہ آپ جانے کتنے برس سے باہر رہتے ہوں گے۔ کتنے نئے نئے تجربات آپ کو ہوئے ہوں گے۔ تجربات ہی دراصل انسان کو خوبصورت بناتے ہیں۔" وہ روی کو دیکھ رہی تھی۔ اس کی آنکھیں نڈر اور شریر لگ رہی تھی مگر روی کو اس لمحہ ان دو آنکھوں کے حسن کا احساس نہیں تھا۔ بلکہ ان میں جھانکتے ہوئے وہ تو سوچ رہا تھا کہ ایک ہی لمحہ میں دو افراد ایک دوسرے کے بارے میں متضاد باتیں سوچتے ہیں اور نظریات کے بنیادی طور پر مختلف ہونے کے باوجود ایک دوسرے کو خوب صورت لگتے ہیں۔ کیا خوبصورتی واقعی دیکھنے والے کی نگاہ میں ہوتی ہے اور اس شے میں نہیں جسے دیکھا جاتا ہے؟ کیا یہ ہو سکتا ہے کہ یہ لڑکی، اس کے چہرے کا نمکین حسن، دراصل صرف میرے دیکھنے کی وجہ سے قاتل ادا بن گیا ہو؟ روی کو اپنی آنکھوں میں اتنی غور سے جھانکتے ہوئے دیکھ کر وہ گھبرا سی گئی تھی۔ شاید اسی لئے سگریٹ کا کش لینے کے انداز میں اس یا وہ بوسہ دینے کے انداز میں نہیں رہی تھی۔

"اس طرح کیا دیکھ رہے ہیں آپ؟" اس نے روی سے پوچھا اور روی کو خیال ہوا کہ یہی سوال سب لڑکیاں ہر ملک میں، ہر زمانہ میں، ہر زبان

ہیں، کسی نہ کسی مرد سے بالکل اسی طرح کرتی ہیں۔ کیا اس خوب صورت لڑکی کو بھی اس بات کی ضرورت ہے کہ اُسے یہ یقین دلایا جائے کہ وہ بہت حسین ہے بہت جاذبِ نظر ہے۔ بہت دل فریب ہے۔ بہت دل ربا ہے؟

" جی ـــــ جی میں تو یہ سوچ رہا تھا کہ آپ سے کس طرح کہوں کہ آپ بہت خوب صورت ہیں۔" ردی نے اس لڑکی سے نظریں چراتے ہوئے کہہ ہی دیا۔

" مجھے معلوم ہے۔" اپنے حسن کی تعریف سنتے ہوئے وہ مسکرائی۔ ردی نے سوچا کہ شرم سے گلنار ہوتا ہوا سانولا چہرہ تو اور بھی خوب صورت ہو جاتا ہے۔ ردی کو اس کے چہرے کو دیکھ کر یہ گمان ہوا جیسے اس لڑکی نے ابھی تیز مرچوں کا سالن کھا لیا تھا۔

" آپ نہیں جانتے کہ نوجوان لڑکی کے لئے خوبصورتی کتنا بڑا عذاب ہے۔" وہ کہہ رہی تھی۔

" عذاب ہے؟" ردی کو یہ بات سن کر بہت تعجب ہوا۔ "کیا آپ کے بہت سے چاہنے والے ہیں۔ اور آپ کو یہ فیصلہ کرنے میں دشواری پیش آ رہی ہے کہ خود کس کو چاہیں؟"

" کس کو چاہیں نہیں، کس کس کو چاہیں؟" سر پیچھے کی طرف جھکا کر وہ اپنی شرارت پر خوب کھلکھلا کر ہنسی۔ "نہیں، اصل مصیبت یہ فیصلہ کرنا ہوتا ہے کہ کس کس کو ناراض کریں۔ زمین اور جائداد کے لئے تو بہت سے قانون ہیں مگر ہر لڑکی کو اپنی حفاظت کے لئے خود اصول بنانے پڑتے ہیں۔" وہ سنجیدہ

ہوگئی تھی اور رومی کو ہنستے ہنستے سنجیدہ ہو جانے والی یہ لڑکی اور بھی اچھی لگی۔ وہ دونوں ایک دوسرے سے باتیں کرتے، کناٹ پلیس کے ایک بلاک کے دالانوں سے نکل کر دوسرے بلاک کے دالانوں میں داخل ہوئے، فقیروں سے بچتے، دکانوں کی آرائش سے بے نیاز آہستہ آہستہ اسی جگہ پہنچ گئے تھے جہاں سے شاید گھنٹہ بھر پہلے ان کا یہ سفر شروع ہوا تھا۔

" لیجیے، باتوں باتوں میں ہم دونوں نے مل کر کناٹ پلیس کا پورا چکر کاٹ لیا۔ یہیں تو میں نے آپ کے لئے دروازہ کھولا تھا۔ اسی جگہ تو آپ کی سگریٹ جلائی تھی۔" رومی نے کہا۔

" اسی بات پر ایک سگریٹ اور جلا دیجئے۔" اس لڑکی نے کہا۔ رومی نے نیا سگریٹ جلاتے ہوئے برآمدے سے باہر دیکھا۔ وہاں دھوپ تیز ہوتی جا رہی تھی۔ اُجلے آسمان پر سورج کی بے خوف اڑان جاری تھی۔ دلّی میں سردی کی یہ دھوپ کس قدر خوش گوار ہوتی ہے ـــــ رومی نے اس وقت سوچا تھا۔ یہ ہری ہری پتیاں اور نازک نازک شاخیں جیسے چپکے چپکے روشنی اور سایوں کی آنکھ مچولی کا تماشا دیکھتے ہوں۔ رومی کو خیال آیا کہ ایک نظارہ شاید اسی وقت تماشا بنتا ہے جب اسے کوئی دیکھنے والا ہو۔ کیا کناٹ پلیس میں اس وقت کوئی اسے اس خوبصورت لڑکی کا سگریٹ جلاتے ہوئے دیکھ رہا ہے؟ اور رومی کو گھنٹہ بھر میں پہلی بار احساس ہوا کہ ان برآمدوں میں اور باہر فٹ پاتھ پر اور سڑک پر لوگ خاصی تعداد میں چل پھر رہے تھے اور ہارن بجاتی ہوئی کاریں اور ٹیکسیاں تھیں، اور شور مچاتے ہوئے اسکوٹر تھے۔ لندن میں

ہارن کی آواز کبھی سننے میں نہیں آتی۔ روی کو ایک دم لندن کے ٹریفک کا سکون یاد آگیا۔ شہر کتنی آسانی سے عادت بن جاتے ہیں۔

"آپ اس ایرلائن کے دفتر میں کیا کر رہی تھیں؟ کیا آپ کبھی کہیں باہر جانے والی ہیں؟" روی نے اس پُراسرار البیلی لڑکی سے پوچھا۔

"میں نے کبھی کبھی کسی ایرلائن کے آفس میں نوکری کی تھی۔" اس نے نظریں روی کے چہرے سے ہٹالی تھیں، اس کی آواز میں اُداسی تھی۔ دونوں نے پھر ٹہلنا شروع کر دیا تھا۔ روی کو خیال آیا کہ لندن میں ٹہلتا کوئی نہیں، لوگ ایک مقام سے دوسرے مقام تک پہنچنے کے لئے تیز تیز چلتے ہیں، لیکن صرف ٹہلتے وقت ہی تو دوسرے راہ گیروں کے جذبات کا کچھ اندازہ ہوتا ہے۔

"کتنے دن کام کیا تھا آپ نے؟" روی نے پوچھا۔

"پندرہ دن ——— میں نے یہ نوکری یہ سوچ کر کی تھی کہ باہر کے ملکوں کو دیکھنے کا موقع ملے گا ——— ممی ڈیڈی نے مجھے بہت روکا تھا اور کہا تھا کہ "بے جیمی" یہ نوکری ٹھیک نہیں، مگر مجھے نئی دلی میں جور باغ میں ایک اچھے سے فلیٹ میں رہنا اور اچھی تنخواہ پانا پسند تھا۔"

آپ کو آپ کے ڈیڈی اور ممی بے جیمی کہہ کر پکارتے ہیں۔ کتنا اچھا نام ہے بے جیمی آپ نے ان کی بات کیوں نہیں مانی؟" روی نے پوچھا۔ اس نے دل ہی دل میں وہ نام کئی بار دہرایا — اپنے ذہن میں اچھی طرح محفوظ کر لینے کی خاطر مگر نام دہراتے وقت اسے یقین تھا کہ وہ اسے آسانی سے نہیں بھول سکے گا۔ بے جیمی کو کوئی بھی کیسے بھول سکتا ہے۔

"میں بہت چھوٹی سی تھی جب ممی نے کہا تھا کہ ٹوٹا ہوا شیشہ نہ اٹھانا ورنہ ہاتھ کٹ جائے گا۔" جیمی نے چلتے چلتے رک کر اپنا دایاں ہاتھ روی کے سامنے پھیلا دیا۔ زخموں کے نشان ہتھیلی پر بنی ہوئی قسمت کی لکیروں سے زیادہ گہرے تھے۔ روی نے ہتھیلی سے نظریں اٹھا کر جیمی کے چہرے کو دیکھا۔ وہ مسکرا رہی تھی روی دیر تک جیمی کی آنکھوں میں دیکھتا رہا۔ —— آنکھیں روح کا آئینہ ہوتی ہیں۔ مگر آئینے میں دیکھنے والا اپنا چہرہ دیکھنا چاہتا ہے۔ روی تو زخموں کا راز ڈھونڈ رہا تھا۔

"آپ مجھے اس طرح کیوں دیکھ رہے ہیں؟" جیمی روی کے اس طرح ٹکٹکی باندھ کر دیکھنے سے متاثر نظر آتی تھی۔

"میں جانتا ہوں کہ آپ کو اس طرح کیوں دیکھ رہا ہوں۔ لیکن جیمی آپ مجھ سے اس کا مطلب نہ پوچھئے۔ —— اپنی نوکری چھٹ جانے کا حال سنائیے۔" روی نے جواب دیا۔

"مجھے باہر کے ملکوں میں بنی ہوئی چیزوں، وہاں کے سینٹ اور لپ اسٹک، نائیلان، اور جارجٹ کی ساڑیوں کا بھی بہت شوق تھا اور یہ سگریٹ ....." جیمی نے ایک گہرا کش لیا۔

"پھر آپ نے اتنی اچھی نوکری کیوں چھوڑ دی؟" روی نے پوچھا۔

"اس ایرلائن کے بڑے منیجر پردیسی ہیں نا، ان لوگوں کے دل چھوٹے ہوتے ہیں، اور خواب گاہوں کے دروازے بہت بڑے اور ہمیشہ کھلے ہوئے۔" جیمی نے اپنے ہونٹوں کو گول کر کے دھواں اڑاتے ہوئے کہا۔ "اسی لئے تو میں

نے آپ سے کہا تھا کہ خوب صورتی ایک عذاب ہے۔"

"کیا نوکری چھوڑے بغیر گزارہ نہیں ہو سکتا تھا؟" روی کو اس لڑکی سے ہمدردی ہو گئی تھی، جیسے روی نے اس کے ہتھیلی کے زخم خون میں بھرے ہوئے دیکھ لئے تھے۔ روی کو پہلی بار خیال آیا کہ مردوں کو شاید کبھی پورے طور پر یہ احساس نہیں ہوتا کہ لڑکیاں ان کی وجہ سے کن کن مشکلات کا شکار ہوتی ہیں کتنوں کے خواب ان کی وجہ سے چکنا چور ہو جاتے ہیں۔"

"نہیں۔" جیمی نے بہت مختصر سا جواب دیا۔

"واقعی ہم مرد لوگ بڑے خود غرض ہوتے ہیں۔" روی نے کہا اور اپنے کوٹ کی جیب سے اپنا پائپ نکال لیا۔" اب مجھے ہی دیکھئے۔ کتنی دیر سے آپ کے ساتھ کناٹ پلیس میں گھوم رہا ہوں، آپ کو کہیں جانا ہوگا، کچھ کام ہوگا۔" روی چلتے چلتے رک کر لائٹر سے پائپ سلگانے لگا۔

"نہیں، آپ سے باتوں میں پہل میں نے کی تھی۔ ——اگر میں چاہتی تو کوئی نہ کوئی بہانہ کر کے کب کی چلی گئی ہوتی —— کون جانے کبھی مجھے لندن آنے کا موقع ملے —— شاید آپ ہی مجھے وہاں کی سیر کرا دیں، مگر میں نے تو آپ کو کناٹ پلیس کے برآمدوں کے سوا کچھ نہ دکھایا۔" جیمی نے کہا۔ پھر روی کی طرف مڑ کر کہنے لگی۔" دلی تو آپ کا شہر ہے —— یہاں آپ کو کیا دکھانا ہے۔"

" سچ مانئے تو ایک بات کہوں جیمی۔" روی نے جیمی کی آنکھوں میں دیکھتے ہوئے پورے خلوص سے کہا۔" آج دلی سے میری ایک نئی طرح کی

دوستی ہوتی ہے۔ یہ دلی مجھے لندن میں بہت یاد آئے گی۔ بہت ہی زیادہ۔"

روی جب اپنے ماں باپ، بھائی بہنوں سے رخصت ہوکر لکشمی اور بچوں کے ساتھ کسٹم کی طرف بڑھ رہا تھا تو اس کا دل چاہا کہ ایک سانولی سلونی لڑکی کوئی نازک سی ہلکے رنگ کی ساڑی پہنے ایرپورٹ کے کسی کونے میں کھڑی سگریٹ کا نیلا دھواں اڑاتی نظر آجائے۔

ایرپورٹ کے اندر ڈیوٹی فری دکان پر سینٹ اور تمباکو خریدتے وقت لکشمی نے پوچھا۔ "کیوں جی آپ نے ماں جی سے کیسں وعدہ کیا ہے کہ جلد ہی اکیلے دلی آئیں گے؟"

روی نے اس بات کا جواب پہلے ہی سوچ رکھا تھا۔ "ماں بوڑھی ہو رہی ہے نا ——— کسی کے آنے کی آس لگی رہے تو وقت اچھی طرح گزر جاتا ہے۔"

مگر روی نے دل ہی دل میں تصفیہ کرلیا تھا کہ وہ جلد ہی اکیلا دلی لوٹے گا اور اس حسینہ کے لئے لندن سے بہت سارے تحفے لائے گا اور آئرش کٹ کلاس کی ٹرے، ایش ٹرے بھی ——— جو دریا غ میں حسینہ کے آرام دہ فلیٹ میں اپنا پائپ رکھنے کے لئے ایک بڑی ایش ٹرے کی کمی روی کو کئی بار محسوس ہوتی تھی۔

●●